병신과 머저리

아시아에서는 《바이링궐 에디션 한국 대표 소설》을 기획하여 한국의 우수한 문학을 주제별로 엄선해 국내외 독자들에게 소개합니다. 이 기획은 국내외 우수한 번역가들이 참여하여 원작의 품격을 최대한 살렸습니다. 문학을 통해 아시아의 정체성과 가치를 살피는 데 주력해 온 아시아는 한국인의 삶을 넓고 깊게 이해하는 데 이 기획이 기여하기를 기대합니다.

Asia Publishers presents some of the very best modern Korean literature to readers worldwide through its new Korean literature series 〈Bi-lingual Edition Modern Korean Literature〉. We are proud and happy to offer it in the most authoritative translation by renowned translators of Korean literature. We hope that this series helps to build solid bridges between citizens of the world and Koreans through a rich in-depth understanding of Korea.

바이링궐 에디션 한국 대표 소설 001

Bi-lingual Edition Modern Korean Literature 001

The Wounded

이청준
병신과 머저리

Yi Cheong-jun

ASIA
PUBLISHERS

Contents

병신과 머저리
The Wounded

화폭은 이 며칠 동안 조금도 메워지지 못한 채 넓게 나를 압도하고 있었다. 학생들이 돌아가 버린 화실은 조용해져 있었다. 나는 새 담배에 불을 붙였다.

형이 소설을 쓴다는 기이한 일은, 달포 전 그의 칼끝이 열 살배기 소녀의 육신으로부터 그 영혼을 후벼 내 버린 사건과 깊이 관계가 되고 있는 듯했다. 그러나 그 수술의 실패가 꼭 형의 실수라고만은 할 수 없었다. 피해자 쪽이 그렇게 이해했고, 근 십 년 동안 구경만 해 오면서도 그쪽 일에 전혀 무지하지만은 않은 나의 생각이 그랬다. 형 자신도 그것은 시인했다. 소녀는 수술을 받지 않았어도 잠

For several days I hadn't been able to add anything to my new canvas; it overpowered me completely. After the students were gone the studio grew quiet. I lit a cigarette.

My older brother was suddenly writing a novel, and it seemed to be profoundly connected to an incident that had occurred a month ago, when his scalpel had carved out the soul of a ten-year-old girl. The operation's failure had not been entirely my brother's fault. No one blamed him—neither the girl's family nor I, who had been watching him operate without incident for nearly ten years. For that matter, my brother didn't think he was entirely

시 후에는 비슷한 길을 갔을 것이고, 수술은 처음부터 성공의 가능성이 절반도 못 됐던 경우였다. 무엇보다 그런 사건은 형에게서뿐 아니라 수술 중엔 어느 병원에서나 일어날 수 있는 종류의 것이었다. 그러나 어쨌든 그 일이 형에게는 하나의 사건이었다. 그 일이 있은 후로 형은 차츰 병원 일에 등한해지기 시작했다. 처음에는 가끔씩 밤에 시내로 가서 취해 돌아오는 일이 생기더니 나중에는 아주 병원 문을 닫고 들어앉아 버렸다. 그리고는 아주머니까지 곁에 오지 못하게 하고 진종일 방에만 들어박혀 있다가, 밤이 되면 시내로 가서 호흡이 다 답답해지도록 취해 돌아오곤 하였다.

방에 그렇게 들어박혀 있는 동안 형은 소설을 쓴다는 것이었다. 처음에 나는 형의 그 소설이란 것에 대해서 별난 관심을 갖지 않았었다. 다만 열 살배기 소녀의 사망이 형에게 그만한 사건일 수 있을까, 그렇다면 형은 그 사건을 어떤 식으로 받아들였기에 소설까지 쓴다는 법석을 부리는 것인가 하는 정도였다. 그러다가 어느 날 밤 우연히 그 몇 장을 들추어 보다 나는 깜짝 놀랐다. 놀랐다고 하는 것은 그것이 소설이기 때문이거나 의사라는 형의 직업 때문이 아니었다. 언어 예술로서의 소설이라는 것은 나 따

responsible, either. From the beginning, the operation had had less than a fifty-percent chance of success. The girl would have died for certain without it. Moreover, operations of this sort fail all the time—in large hospitals. Still, the girl's death was a terrible blow to my brother. After that incident, he began to neglect his work. At first, he would occasionally go downtown and, then, return home drunk at night. But then he closed the clinic for good. He would shut himself in his room all day long, not allowing even his wife near him. In the evenings, he would go out and then come back so drunk he could hardly catch his breath.

Then I heard that while he was shut up in his room during the day, he supposedly was writing a novel. At first I was not particularly interested in this so-called novel. I was curious, though, to know why the girl's death had caused him, a doctor, to start writing a novel of all things. Then one evening, having come across the manuscript in his room, I was startled by what I read. It wasn't because it was a novel or because my brother was a doctor. As a literary piece, the novel would be incomprehensible to me, a mere art student running a studio for a living. This didn't disappoint me a great deal. My

위 화실이나 내고 있는 졸때기 미술 학도가 알 턱이 없다. 그것은 나를 크게 실망시키지도 않는다. 그러니까 내가 지금 형의 소설에 대해 말하고 있는 것은 문학적 관심과는 거리가 먼 것일 수밖에 없다. 형의 소설이 문학 작품으로는 이야깃거리가 못 된다는 것이 아니라 나는 그것에 대해서 잘 알고 있질 못하다는 말이다. 내가 놀란 것은 형이 그 소설에서 그토록 오래 입을 다물고 있던 십 년 전의 패잔(敗殘)과 탈출에 관한 이야기를 쓰고 있었기 때문이다.

형은 자신의 말대로 외과 의사로서 째고 자르고 따 내고 꿰매며 십 년 동안을 조용하게만 살아온 사람이었다. 생에 대한 회의도, 직업에 대한 염증도, 그리고 지나가 버린 시간에 대한 기억도 없는 사람처럼 끊임없이, 그리고 부지런히 환자들을 돌보아 왔다. 어찌 보면 아무리 많은 환자들이 자기의 칼끝에서 재생의 기쁨을 얻어 돌아가도 형으로서는 아직 만족할 수 없는, 그래서 아직도 훨씬 더 많은 생명을 구해 내도록 계시를 받은 사람처럼 자기의 칼끝으로 몰려드는 생명들을 기다리고 있었다. 그런 형의 솜씨는 또한 신중하고 정확해서 적어도 그 소녀의 사건이 있기 전까지는 단 한 번의 실수도 없었다. 그 밖에 형에

interest in my brother's novel was far from a literary standpoint. I'm not saying that his novel was worthless to discuss as a literary work; it just means that I know very little about the subject. What startled me was that my brother was writing about his experiences as a straggler during the war—had ended ten years earlier—experiences he had kept to himself for all too long.

My brother always described himself as having led a quiet life during his decade as a surgeon, "cutting open, cutting off, opening up, and sewing together." A man who seemed to have no doubts about his present life nor any memories of his past, my brother never got tired of his work, taking care of his patients diligently at all hours. But despite the many patients he treated successfully, giving new life with his skilled hands, he was not satisfied. He desired more and more patients, as if it was his mission to save as many lives as possible. Cautious and precise as a surgeon, he had not had a single mishap until the incident with the girl.

Apart from these facts, I knew little about my brother. But I could perhaps say a few things about my sister-in-law. I am sorry to say this about her, but she is a woman who is talkative and not too

대해서 내가 확실하게 알고 있는 것은 거의 아무것도 없는 셈이었다. 다만 지금 아주머니에 관해서는 좀 더 이야기를 할 수 있을 것 같다. 아주머니에게는 미안한 말이지만, 결혼 전 형은 귓속과 눈길이 다 깊지 못하고 입술이 얇은 그 여자를 사이에 두고 그 여자의 다른 남자와 길고 힘든 싸움을 벌였었다. 그런데 어떻게 된 셈인지 내가 별반 승점을 주지도 않았고, 질긴 신념도 없으리라 여겼던 형이 마침내는 그 여자와 결혼을 하게 되었다. 결혼을 하고 나서도 녹록치 않은 아주머니와 깊이 가라앉은 형의 성격 사이에는 별반 말썽을 일으킨 일이 없었다. 풍파가 조금 있었다면 그것은 성격 탓이 아니라 어느 편의 결함인지 모르나 그들 사이에는 아직 아이를 갖지 못하고 있는 것이 언제나 그 원인이었다. 그것은 그러나 누구에게나 당연한 일로 여겨지는 그런 것이었다. 어떻든 형이 그렇게 지낼 수 있는 것은 형의 인내와 모든 인간성에 대한 긍정적인 사고의 덕이 아닌가 생각되기도 했으나, 그것 역시 자신 있게 말할 수 있는 것은 아니었다. 형에 대하여 알고 있다는 것은 그것뿐이었다. 그리고는 확실하지 못한 대신 형에게는 내가 언제나 궁금하게 여겨온 일이 한 가지 더 있었다. 그것은 형이 6·25사변 때 강계 근방에서 패

bright. Nevertheless, my brother had carried on a long and exhausting rivalry for her with another man. I didn't think my brother would win her, given what I considered his lack of tenacity, but he did. After the marriage, his calmness and her colorlessness meant they had few serious disputes. When minor problems did arise, it was not due to personality differences, but to their lack of children. Childlessness can cause friction in any marriage, however. All in all, I was inclined to think that he was able to get along so well in life because of his positive attitude toward all humanity, though I could not say this with certainty. And that was all I knew about him.

I had always been curious about my brother's being caught behind enemy lines near Kanggye during the Korean War. At the time, a brutal battle was underway near the thirty-eighth parallel. I knew that he killed one of his fellow stragglers—I'm not sure how many there were altogether—and afterward managed to cross nearly four hundred kilometers of enemy-held territory, finally making it back to safety. My brother never talked to me directly and openly about the circumstances under which he had become a straggler, however, or

잔병으로 낙오된 적이 있었다는 사실과, 나중에는 거기서 같이 낙오되었던 동료를(몇이었는지는 정확치 않지만) 죽이고 그때는 이미 38선 부근에서 격전을 벌이고 있는 우군 진지까지 무려 천 리 가까운 길을 탈출해 나온 일이 있었다는 사실에 대해서였다. 그러나 형은 그때 낙오의 경위가 어떠했으며, 어떤 동료를, 그리고 왜 어떻게 죽이고 탈출해 왔는지, 또는 그 천 리 길의 탈출 경위가 어떠했었는지에 대해서는 한 번도 이야기를 털어놓은 일이 없었다. 어느 땐가 딱 한 번, 형은 술걸레가 되어 돌아와서 자기가 그 천 리 길을 살아 도망 나올 수 있었던 것은 그 동료를 죽였기 때문이라고 한 적이 있었을 뿐이다. 이상한 이야기였다. 나는 그 말을 이해할 수 없었거니와, 다음부터는 형이 그런 자기의 말까지도 전혀 모른 체해 버렸기 때문에 나는 그런 일이 있었던 것이 사실이었는지조차도 확인할 수가 없는 형편이 되고 말았다.

그런데 그런 형이 요즘 쓰고 있다는 소설에서 바로 그 이야기를 시작한 것이다. 그리고 나의 화폭이 갑자기 고통스러운 넓이로 변하면서 손을 긴장시켜 버린 것도 분명 그 형의 이야기를 읽기 시작하면서부터였다. 더욱 요즘 형은 내가 가장 궁금하게 여기는 대목에서 이야기를 딱

which of his fellow soldiers he killed and how and why he did it; nor did he say how he managed to get away, or what it was like during the escape. In fact, only once, when he had come home dead drunk, did he tell me that he was able to escape and stay alive because he had killed one of his fellow soldiers.

The story was strange. There was a lot I couldn't understand, but afterwards my brother pretended he had never said it, and I was in no position to verify if the incident had really happened. Now, in writing the novel, he had begun retelling that very story. The canvas I was working on had begun to seem immensely imposing to me, paralyzing my hand, around the time I had secretly started reading my brother's manuscript. The trouble was that he had stopped making any progress at a crucial part of the story, and while he was at a standstill, I couldn't carry on with my own work. Speculating about the story's ending hadn't helped me add a single line to my unfinished canvas, and now it was tormenting me. Until the outcome of the story was revealed, I couldn't do anything.

Night at last flooded in through the window, filling my studio with darkness and leaving only my

멈춘 채 앞으로 나아가질 않고 있었다. 문제는 형이 이야기를 멈추고 있는 동안 나는 나의 일을 할 수가 없는 사정이었다. 이야기의 결말을 생각하는 동안 화폭은 며칠이고 선 하나 더해지지 못하고 고통스러운 넓이로 나를 괴롭히고 있는 것이다. 이야기의 끝이 맺어질 때까지 정말 나는 아무것도 할 수가 없는 것이다.

창으로 흘러든 어둠이 화실을 채우고 네모반듯한 나의 화폭만을 희게 남겨 두었을 때 나는 그만 자리에서 일어섰다.

그때 그림자처럼 혜인이 문을 들어서 있는 것을 알았다. 나는 불을 켰다. 그녀는 꽤 오래 그러고 서서 기다렸던 듯 움직이지 않은 어깨가 피곤해 보였다. 불을 켜자 그녀는 불빛을 피해 머리를 좀 숙여서 그늘을 만들었다.

"나가실래요?"

나는 다시 불을 껐다.

왜 왔을까. 이 여자에게는 아직도 정리되지 않은 감정이 남아 있었던가. 그녀가 별반 이유도 없이 나의 화실을 나오지 않게 되었을 때 나는 얼마나 황급히 나의 감정을 정리해 버렸던가.

square canvas white. I finally rose from my chair. It was then that I noticed Hye-in had stepped just inside the door, like a shadow. I turned the light on. She looked as if she had been standing there for a long time; her body was motionless, and her shoulders sagged as if from fatigue. When I turned on the light, she lowered her head a little to avoid the sudden bright light and that created a shadow on her face.

"Shall we go out?" she asked.

I turned the light off.

Why had she come? Did she still have feelings for me that she hadn't sorted out? When she had stopped coming to my studio, without telling me why, I had no trouble cutting off any feelings I had for her.

Hye-in, a recent college graduate, was an amateur painter who had started coming to my studio to study art at the urging of my brother's friend. One day, when my other students had left early, Hye-in stood alone in front of a plaster bust. I walked over to her and stood close behind her, breathing softly. She turned and kissed me and said she'd kissed me because I was an artist. Then one day she told me she would not be coming to the studio anymore

혜인은 형 친구의 소개로 나의 화실에 나오게 된 학사 아마추어였다.

학생들이 유난히 일찍 화실을 비워 주던 날, 내가 석고상 앞에 혼자 서 있는 그녀의 뒤로 가서 귀밑에다 콧김을 뿜었을 때 그녀는 내게 입술을 주고 나서, 그것은 내가 그림을 그리는 사람이기 때문이라고 했다. 그리고 어느 날 그녀는 이제 화실을 나오지 않겠으며 나로부터도 아주 떠나가는 것이라고 했다. 이유는 단지 내가 그림을 그리는 사람이기 때문이라면서, 그 꽃잎같이 고운 입술을 작게 다물어 버렸었다. 나는 혜인에게 아무것도 주장하지 못했다. 아무것도 주장할 수 없으며, 떠나보내는 슬픔을 견디는 것이 더 쉽고 홀가분하리라는 것을 알고 있는 자신에 화가 났지만, 결국 나는 그녀의 말대로 그림을 그리는 사람 이상이 될 수는 없었다.

"청첩장 드리러 왔어요."

다방에 마주 앉아 혜인은 흰 사각봉투를 꺼내 놓으며 말했다.

나는 실없이 웃었다.

혜인은 그 후로도 한 번 화실을 찾아온 일이 있었다. 그때 혜인을 다방으로 안내하고 마주 앉아서 아무렇지도 않

and would have nothing more to do with me. She said it was because I was an artist, and then without another word she closed her beautiful, flowerlike lips. I wasn't in a position to demand anything from Hye-in. Actually, I was angry at myself because I knew that my feelings for her would pass quickly, and it would be easy to let her go. As she said, I was just a painter.

Now she sat across from me in a teahouse. Taking out a white envelope, she said, "I came to give you my wedding invitation."

I smiled foolishly. Hye-in visited my studio once more after this. I realized that she had truly left me when I felt nothing as I sat across from her at the teahouse. She, too, showed no emotion and said she would soon marry a doctor who owned his own clinic. It was a decision that she had made even before she had stopped coming to my studio.

"It's the day after tomorrow. Will you come?" She fumbled with the envelope containing the invitation while I sat staring blankly. Her voice sounded very distant.

That evening, when I told my sister-in-law about Hye-in's wedding, she sounded delighted. "Do you want to go, then?"

은 자신을 발견하고 나는 그녀가 정말로 나로부터 떠나가 버린 것을 알았다. 혜인 역시 그런 나에게 아무렇지도 않게 자기는 어떤 개업 의사와 쉬 결혼을 하리라고 했었다. 그것은 화실을 그만두기 전부터 작정한 일이었노라고.

"모렌데 오시겠어요?"

아예 혼자인 것처럼 멀거니 앉아 있는 나에게 혜인이 사각봉투를 만지작거리며 물었다. 목소리가 까마득하게 멀었다.

그날 밤, 아주머니에게 그런 말을 했을 때 아주머니는 갑자기 반색을 하는 목소리로 말했었다.

"도련님, 그럼 그 아가씨 결혼식엔 가 보실래요?"

아주머니도 물론 혜인을 알고 있었다. 아주머니는 아마 실수한 배우에게 박수를 치며 좋아할 여자임이 틀림없을 것이다. 나는 그런 박수를 받은 배우처럼 난처했다. 그때 나는 뭐라고 했던가. 인부를 한 사람 사서 보내리라고, 아마 그 사람으로도 혜인의 결혼에 대한 내 축원의 뜻을 충분히 전할 수 있을 것이라고. 질투가 아니었다. 사실 지금도 나는 혜인과의 화실 시절과 청첩장을 만지작거리고 있는 지금 그녀의 이야기와 또 그녀의 결혼, 모든 것에 관심이 가지 않았다.

My sister-in-law knew about Hye-in. She is the kind of person who enjoys humiliating actors by applauding when they miss their lines. I was baffled by her tone and felt oddly like an actor being applauded by her. How did I respond? I think I said I would hire someone to attend the wedding and that person would be perfectly fine for conveying my congratulations. It wasn't jealousy. In fact, I wasn't interested in anything about Hye-in or the wedding, even as I recalled her days at the studio and thought of her fumbling with the invitation as she talked about the ceremony.

"It's strange that you aren't angry," my sister-in-law said.

I replied with a yawn.

"You know," she said, "you have an awfully dark streak in your personality." My sister-in-law enjoys talking about other people's business, but not necessarily because she cares about what happens to them.

"Before you got married, weren't you afraid you were going to lose out on something? Did my brother have any kind of trick that got you to marry him?" As I spoke, I was actually thinking about Hye-in's wedding and my brother's novel.

"화가 나지 않은 게 이상하군요."

나는 하품처럼 대답했다.

"그러고 보니 도련님은 성질이 퍽 칙칙한 데가 있으시더군요."

그날 밤, 아주머니는 그렇게 말했었다. 아주머니는 다른 사람의 일을 이야기하기 좋아했다. 그렇다고 그녀의 관심이 다른 사람에게 머무르고 있는 것은 아니었다.

"아주머닌 처녀 시절 형님과는 약간 밑진다는 생각으로 결혼을 하셨을 줄 아는데, 형에게 무슨 그럴 만한 꼬임수라도 있었습니까?"

나는 혜인의 일과 형의 일에 관심을 반반 해서 물었다.

"어딘지 좀 악착같은 데가 있었지요. 단순하다는 이야기가 될지도 모르겠네요. 머리가 복잡한 사람은 한 가지 일에 악착같을 수가 없거든요. 여자는 복잡한 것은 싫어해요. 말하자면 좀 마음을 놓고 의지할 수 있으리라는 생각이 들었더란 말이지요. 나이 든 여자는 화려한 꿈은 꾸지 않는 법이니까 당연한 생각 아네요?"

형에 대해서 아주머니는 완전히 정확하지는 못했다. 그러나 그런 생각이 여자의 일반 통념이라는 그녀의 비약을 탓하고 싶지는 않았었다.

"There was something persistent about him. I guess I assumed he was uncomplicated. A complicated man cannot be persistent about one thing. Women hate complications. To put it frankly, I thought I could depend on him completely. Wasn't that a natural way to think? A woman past marrying age doesn't dream extravagant dreams."

My sister-in-law's assessment of my brother was not completely accurate. But I did not want to pass judgment on her thinking or generalize about women's minds.

At the teahouse, suddenly reminded of my brother's novel, I had said to Hye-in, "I've got some work to do." I finished my coffee and rose quickly. My large, unfinished canvas flashed painfully before my eyes.

Hye-in had risen, too. "You haven't answered me." She stood in the doorway as if determined not to move until she'd gotten a response.

"Forget about that girl," my sister-in-law said. "A woman can be heartless in a situation like that." The concerned look that my sister-in-law gave me wasn't appropriate in Hye-in's case. If not, Hye-in was playacting, as women apparently like to do.

I turned around. As expected, my brother had not

"전 또 일이 있습니다."

나는 갑자기 형의 소설이 생각나서 훌쩍 커피를 마시고 일어섰다. 나의 화폭이 고통스러운 넓이로 눈앞을 지나갔다.

혜인은 말없이 따라 일어섰다.

"아무 말씀도 해 주시지 않는군요."

문 앞에서 혜인은 나의 말을 한마디라도 듣지 않고는 돌아가지 않겠다는 듯이 발길을 딱 멈추어 섰다.

"그 아가씬 잊으세요. 여자가 그런 덴 오히려 표독한 편이니까요."

그날 밤 꼭 한 번 근심스러운 얼굴로 말하던 아주머니의 단정은 결코 혜인에게 적용될 수 있는 것은 아닌 것 같았다. 그렇지 않다면 혜인은 여자가 좋아한다는 연극을 하고 있을 것이었다.

나는 돌아서 버렸다.

예상대로 집에는 형이 돌아와 있지 않았다.

—진창에 앉은 듯 취해 있겠지.

나는 저녁을 끝마친 대로 곧장 형의 방으로 가서 서랍을 뒤졌다. 소설은 언제나 같은 곳에 있었다. 형은 아주머니나 나를 경계하는 것 같지 않았다.

come home yet. I'll bet he's dead drunk, I thought. As soon as I finished eating, I went to his room and searched his desk drawer. The novel was in the same place as always. My brother did not seem to be hiding it from either his wife or me.

"Suddenly you seem to regard your brother as a great writer," my sister-in-law said from behind me, though she had no real interest. Ignoring her, I opened the manuscript to the last page. The story, however, hadn't progressed. Given the discarded pages in the wastebasket and my sister-in-law's assertion that my brother had been at his desk all day long, it appeared that he at least had been trying very hard to write. He hesitated. Something about the ending of the story or, more precisely, about the killing, was keeping him from finishing. I felt annoyed, as if my brother was purposely teasing me—and after I'd spent the whole day sitting in front of my suffocatingly large, unfinished canvas.

Putting the manuscript back in his drawer, I returned to my room. I arranged the bedding and lay down earlier than usual, but my eyes were wide open. My convenient habit of falling asleep as soon as I closed my eyes lasted only until high school. Sleepless, I was preoccupied with thoughts about

"형님을 갑자기 문호로 아시는군요."

아주머니는 관심이 없었다. 소리를 귀로 흘리며 나는 성급하게 원고 뭉치의 뒤쪽을 펼쳤다. 그러나 이야기는 전날 그대로 한 장도 더 나아가지 못하고 있었다. 휴지통에 파지를 내놓은 것이나 하루 종일 책상에 매달려 있었다는 아주머니의 말을 들으면 형은 무척 애를 쓰기는 했던가 보았다. 망설이는 것이었다. 이야기의 결말에 대해서, 아니 하나의 살인에 대해서 형은 무던히도 망설이고 있었다. 답답하도록 넓은 화폭 앞에 초조히 앉아 있기만 하다가 집으로 돌아와 버리곤 하는 나를 일부러 형이 골리고 있는 것 같기도 했다.

나는 다시 서랍을 정리해 두고 나의 방으로 돌아왔다. 일찌감치 자리를 깔고 누웠으나 눈이 감기지 않았다. 눈을 감으면 곧 잠이 들던 편리한 습관은 고등학교 때까지뿐이었다. 나대로 소설의 결말을 얻어 보려고 몇 밤을 새웠던 상념이 뇌수로 번져 나왔다.

소설의 서두는 이미지가 선명한 하나의 서장(序章)으로 시작되고 있었다. 그것은 형의 소년 시절의 한 회상이었다. 〈나〉(얼마나 형이 객관화되고 있는지는 모르지만 이것은 그 소설 속의 주인공이다. 이하 〈 〉 표는 소설문의 직

how I would end the story.

The novel opened with a vivid image—a memory from my brother's childhood—though of course I could not be entirely certain that the narrator and my brother were identical. The narrator told of following a group of deer hunters. In those days, hunters always came regularly to the narrator's home town during the hunting season. They hunted wild boar in the autumn and deer in the winter and early spring. Particularly in winter, the hunters would hire a few villagers to go along with them as beaters. They carried an aluminum pot to cook the game they killed. The villagers volunteered because they didn't have any other employment during the winter; if the hunters failed to show up, the villagers anxiously waited.

One winter day, when the snow blanketed the mountains, the young narrator had returned to his home town for a vacation; joining the beaters, he went with the hunting party to the mountains. For most of the day, they saw no game at all. When evening came, the narrator and one of the men sat together on the mountain ridge eating frozen riceballs. Just then a shot echoed from the other side of the valley. My brother had written:

접 인용)는 어렸을 때 노루 사냥을 따라간 일이 있었다. 그즈음 〈나〉의 고향 마을에는 가을부터 이듬해 초봄까지 꼭꼭 사냥꾼이 찾아들었다. 그리고 가을에는 멧돼지를, 겨울과 봄으로는 노루 사냥을 했다. 겨울이면 특히 마을 사람 가운데 날품 몰이꾼을 몇 사람씩 데리고 산으로 들어갔다. 솥단지를 산으로 메고 가서 사냥한 것을 끓여 먹었다. 겨울철 할 일이 없는 마을 사람들은 몰이꾼을 자원했고, 사냥꾼이 뜸해지면 그들은 사냥꾼이 마을로 들어오기를 기다리는 식이었다.

눈이 산들을 하얗게 덮은 어느 겨울날, 방학을 맞아 고향 마을로 돌아와 있던 〈내〉가 그 몰이꾼들에 끼어 함께 사냥을 따라나선 일이 있었다. 그날은 이상하게도 한낮이 기울 때까지 아무것도 걸리는 것이 없었다. 〈나〉는 다른 어른 한 사람과 함께 어느 능선 부근 바위틈에서 언 밥으로 시장기를 쫓고 있었다. 그때 능선 너머에서 갑자기 한 발의 총소리가 울려왔다. 그 총소리에 대해서 형은 이렇게 쓰고 있었다.

〈나는 총소리를 듣자 목구멍으로 넘어가던 것이 갑자기 멈춰 버린 것 같았다. 싸늘한 음향—분명한 살의와 비정이 담긴 그 음향이 넓은 설원을 메아리쳐 올 때, 나는 부

When I heard the shot, I felt as though the food I had just eaten suddenly lodged in my throat. A chilling sound... unquestionably murderous in intent and merciless, it echoed through the snow-covered valley, and I began to regret having followed the hunting party, which I had done only out of curiosity.

However, the shot didn't kill the deer. Spraying blood on the snow, the injured deer ran away. The hunters and beaters pursued the deer, following the red drops. They thought that eventually they would find the fallen deer bleeding to death in the snow. The narrator reluctantly joined them, even though his heart pounded when he saw the bloody trail turning the white snow red. When he had heard the shot, a feeling of regret had arisen from the depths of his chest. He had wanted to flee down the mountain. But he had hesitated, and though his heart was pounding and it was getting late, he found himself unable to leave. The blood trail seemed endless, and finally when night came, he was able to go home. Almost immediately, the young narrator was struck with a high fever and was bedridden. He only heard later through rumors

질없는 호기심에 끌려 사냥을 따라나선 일을 후회하기 시작했다.〉

그러나 총알은 노루를 맞히지 못했다. 상처를 입은 노루는 설원에 피를 뿌리며 도망쳤다. 사냥꾼과 몰이꾼은 눈 위에 방울방울 번진 핏자국을 따라 노루를 쫓았다. 핏자국을 따라가면 어디엔가 노루가 피를 쏟고 쓰러져 있으리라는 것이었다. 〈나〉는 흰 눈을 선연하게 물들이고 있는 핏빛에 가슴을 섬뜩거리며 마지못해 일행을 쫓고 있었다. 총소리를 처음 들었을 때와 같은 후회가 가슴에서 끝없이 피어올랐다. 〈나〉는 차라리 노루가 쓰러져 있는 것을 보기 전에 산을 내려가 버리고 싶었다. 그러나 〈나〉는 망설이기만 할 뿐 가슴을 두근거리며 해가 저물 때까지도 일행에서 벗어나지 못하고 있었다. 핏자국은 끝나지 않았고, 〈나〉는 어스름이 내릴 때에야 비로소 일행에서 떨어져 집으로 되돌아갔다. 그리고 〈나〉는 곧 열이 심하게 앓아누웠기 때문에, 다음 날 그들이 산을 세 개나 더 넘어가서 결국 그 노루를 찾아냈다는 이야기는 자리에서 소문으로 듣게 되었다. 그러나 〈나〉는 그것만으로도 몇 번이고 끔찍스러운 몸서리를 치곤 했다.

서장은 대략 그런 이야기였다. 물론 내가 처음에 이 서

that the hunters had had to trek over three more ridges before they finally found the fallen deer. Just hearing about it was enough to make him shudder violently.

That, roughly, was the opening section. Of course, at first I did not read from the beginning. I started somewhere in the middle but that made me so tense that I had to go back to the beginning. Reading this passage, I felt a strange, unsettling sensation, coming from the combination of the sound of the gunfire, the spots of blood, and the gleaming eyes of the deer. Even from the beginning, my brother's novel was saturated with a dark unease and coldbloodedness.

Why his novel made me nervous had a lot to do with my interest in my brother's past of course, but more importantly I thought his personal history might somehow be influencing my painting. This could be true. After Hye-in left me, I had a sudden impulse to draw a human face. It's true that I had had such a vague desire for a long time. So I can't say that my desire to draw a face came, exactly when Hye-in and I broke up. But certainly around that time, the urge intensified.

I hate to talk about my painting. It's unbearably

장을 읽은 것은 아니었다. 어느 중간을 읽다가 문득 긴장하여 처음부터 이야기를 다시 읽게 된 것이었지만, 여기에서도 나는 그 총소리하며 노루의 핏자국이나 눈빛 같은 것들이 묘한 조화 속에 긴장기 어린 분위기를 이루고 있음을 느꼈다. 사실 여기서도 암시하고 있듯이 형의 소설은 전반에 걸쳐서 무거운 긴장과 비정기가 흐르고 있었다.

형의 내력에 대한 관심도 문제였지만, 형의 소설이 나를 더욱 초조하게 하는 것은 그것이 이상하게 나의 그림과 관계가 되고 있는 것 같은 생각 때문이었다. 그것은 어쩌면 사실일 수도 있었다. 혜인과 헤어지고 나서 나는 갑자기 사람의 얼굴이 그리고 싶어졌다. 사실 내가 모든 사물에 앞서 사람의 얼굴을 한번 그리고 싶다는 생각은 막연하게나마 퍽 오래 지녀온 갈망이었다. 그러니까 혜인과 헤어지게 된 것이 그 모든 동기라고 할 수는 없지만, 어쨌든 그 무렵 그런 충동이 새로워진 것은 사실이었다.

나의 그림에 대해서는 더 이야기하고 싶지 않다. 그것은 견딜 수 없이 괴로운 일이다. 그리고 나는 내가 그것에 대해 생각하고 화필과 물감을 통해 의미를 부여하고자 하는 것의 십 분의 일도 설명할 수가 없을 것이다. 다만 나는 인간의 근원에 대해 생각을 좀 더 깊게 하지 않으면 안

painful. I can't explain even a fraction of what I think about my art nor what I wish to express through brush and paint. I can say, though, that this whole thing with my brother made me think more deeply about the fundamental nature of human beings. I'd been thinking about the Garden of Eden, Cain and Abel, and qualities that they represent and that are inherent in human nature. But I couldn't affirm any in its entirety. Like a one-celled animal, each person in Genesis seems to have a different essence. Abel's concept of good, for example, and, then, Cain's jealousy, which God condemned forever as evil. Perhaps God was alarmed by man's desire to rise above his nature and by the complexity of humans. Anyway, from that time on there's been an infinite mixture of good and evil.

Still, no human face had ever moved me deeply enough to want to paint it—to make my brush tremble with excitement. Perhaps I had been wandering aimlessly in a sea of interesting faces. What was frustrating me now was that I had a strong premonition of a certain face after Hye-in left. I hadn't actually met a person with that face. I sketched an outline, using a firm oval—this was unusual for me—that was full of tension. For

된다는 느낌이 절실했던 점만은 지금도 고백할 수가 있을 것이다. 하여 에덴으로부터 그 이후로는 아벨이라든지 카인, 또 그 인간들이 지니고 의미하는 속성들을 즉흥적으로 생각해 보곤 하였다. 그러나 어느 것도 전부를 긍정할 수는 없었다. 단세포 동물처럼 아무 사고도 찾아볼 수 없는 에덴의 두 인간과 창세기적 아벨의 선 개념, 또 신으로부터 영원한 악으로 단죄 받은 카인의 질투—그것은 참으로 인간의 향상 의지로서 선을 두렵게 했을지도 모른다—그 이후로 나타난 수많은 분화, 선과 악의 무한정한 배합비율…… 그러나 감격으로 나의 화필이 떨리게 하는 얼굴은 없었다. 나는 실상 그 많은 얼굴들 사이를 방황하고 있었는지 모른다. 하지만 안타까운 것은 혜인 이후 나는 벌써 어떤 얼굴을 강하게 예감하고 있다는 사실이었다. 아직은 내가 그것과 만날 수가 없었을 뿐이었다. 둥그스름한, 그러나 튀어 나갈 듯이 긴장한 선으로 얼굴의 외곽선을 떠 놓고(그것은 나에게 있어 참 이상한 방법이었다) 나는 며칠 동안 고심만 하고 있었다.

그러던 어느 날, 그 소설이라는 것이 시작되기 바로 전날이었을 것이다. 형이 불쑥 나의 화실에 나타났다. 그는 낮부터 취해 있었다. 숫제 나의 일은 제쳐놓고 학생들에

several days, I agonized over the outline.

One day, the day before he began writing his novel, my brother showed up in my studio. It was still daytime, but he was already drunk. I was taking care of my students, completely neglecting my own work. My brother stood in front of my canvas and then said to me belligerently, "Hmm! The person Teacher is drawing looks lonely. You didn't give this person any communicative facial features."

He examined my sketch intently, trying to find something, as if it were a finished painting. I stared at him blankly. "I've only just started," I said.

"Well, depending on how you look at it, it could be a finished piece even though the face has no features. It could be God's most faithful son—with no eyes or ears, living by merely following God's will. But once it gets eyes, a mouth, a nose, ears, it'll be different, won't it? By the way, Teacher, which condition do you prefer?"

My brother glanced back and forth between the drawing and me. His eyes were searching for something, though he seemed to know that he wasn't going to find it. I was totally puzzled.

"Well, you're ignoring my question," he said. "I'm sure an artist like you will agree with a doctor like

게 매달려 있는 나에게 형은 시비조로 말했다.

"흠! 선생님이 그리는 사람은 외롭구나. 교합 작용이 이루어지는 기관은 하나도 용납하지 않았으니……."

얼굴의 윤곽만 떠 놓은 나의 화폭을 완성된 것에서처럼 형은 무엇을 찾아내려는 듯 요리조리 뜯어보고 있었다. 나는 물끄러미 그 형을 바라보았다.

"그건 아직 시작인걸요."

"뭐, 보기에 따라서는 다 된 그림일 수도 있는걸……. 하나님의 가장 진실한 아들일지도 몰라. 보지 않고 듣지 않고 오직 하나님의 마음만으로 살아가는. 하지만, 눈과 입과 코…… 귀를 주면…… 달라질 테지―한데, 선생님은 어느 편이지?"

형은 그림과 나를 번갈아 쳐다보았다. 그 눈이 무엇을 열심히 찾고 있었다. 그러나 그것은 이미 밖에서 찾을 것이 아무것도 없는 줄을 알고 있는 눈이었다. 나는 어리둥절해 있기만 했다.

"홍, 나를 무시하는군. 사람의 안팎은 논리로만 설명될 수 있는 것이 아니라는 걸 예술가도 이 의사에게 동의해 줄 테지. 그렇다면 내 얘기도 조금은 맞는 데가 있을지 몰라. 어때, 말해 볼까?"

me that the inside and the outside of a person cannot be explained solely in terms of logic, right? If you agree, what I'm about to say may be at least partially true. What do you think? Should I say it?" My brother often said things I couldn't make heads or tails of. I only knew that right now he wanted very badly to say something.

"I think a newly created person's eyes and lips should show vengefulness," he said. "What's hopeful about this—of course, this is only my opinion—is that the line is so intense." I found it strange that my brother was commenting on my drawing.

That evening, for the first time in a long while, my brother and I left the studio together to get a drink, at his invitation. It was drizzling so lightly that it didn't matter if we had no umbrellas. In front of the construction site of J Bank, there was usually a beggar kneeling on the sidewalk. A girl about ten years old sat with her head drooping below her shoulders, her arms stretched out, and palms open on the ground. There were always a few blackened coins in her hands. As we were passing in front of her, my brother, who was walking several paces ahead of me, absentmindedly stepped on the girl's

형은 도시 종잡을 수 없는 말을 했다. 무엇인가 열심이라는, 열심히 말하고 싶어 한다는 것만은 알 수 있었다.

"그 새로 탄생할 인간의 눈은, 그리고 입은 좀 더 독이 흐르는 쪽이어야 할 것 같은데…… 희망은—이건 순전히 나의 생각이지만, 선(線)이 긴장을 하고 있다는 것이야."

이상하게도 형은 나의 그림에 대해 이야기하고 있었다.

그날 저녁, 모처럼 술을 사겠다는 형을 따라 화실을 나와 화신 근처를 지날 때였다. 우산을 써도 좋고 안 써도 좋을 만큼씩 비가 내리고 있었다. 부지런한 사람은 우산을 썼지만 우리는 물론 쓰지 않고 걸었다.

'ㅈ'은행 신축 공사장 앞에서 늘 거지 아이 하나가 꿇어 엎드려 있었다. 열 살쯤 나 보이는 그 소녀 거지는 머리를 어깨 아래로 박고 두 팔을 앞으로 내밀어 손을 벌리고 있었다. 그 손에는 언제나 흑갈색 동전이 두세 닢 놓여 있었다. 그런데 우리가 그 앞을 지날 때였다. 앞서 걷던 형의 구둣발이 소녀의 그 내민 손을 무심한 듯 밟고 지나가는 것이 아닌가. 놀란 것은 거지 아이보다 내 쪽이었다. 형의 발걸음은 유연했다. 발바닥이 손을 깔아뭉개는 감촉을 느끼지 못한 것 같았다. 더욱 이상한 것은 그때 깜짝 놀라 머리를 들었던 소녀가 벌써 저만큼 멀어져 가고 있는 형

hands. My brother never slowed or broke his strides. I was even more shocked than the girl. I guess he didn't feel the soles of his shoes crushing the girl's hands. What was even more bizarre was that the girl, who raised her head in shock, didn't cry out. She just stared at my brother's back as he continued walking. I looked down at her hands. They seemed unhurt. And she resumed her pose.

I was angry at my brother but said nothing. I thought that perhaps he was trying to prove something to himself and it was related somehow to what he had been saying in the studio. I guessed that his behavior was a result of the surgical mistake he had made a few days earlier. But it wasn't his fault. What mattered to him was that the girl died after his scalpel had touched her body.

When we reached a traffic light at an intersection, my brother turned around to look at me. A question was in his eyes. They were the eyes of a man who took pride in asking questions that he believed I could never answer.

"You did that on purpose," I said nonchalantly when we sat down in a bar he frequented.

"What?" my brother replied, feigning ignorance.

"You stepped on that girl's hands," I said, irritated.

의 뒤를 노려볼 뿐 소리도 지르지 않은 것이다. 나는 소녀의 손을 내려다보았다. 아무렇지도 않았다. 소녀는 다시 자세를 잡았다. 나는 울컥 화가 치밀어 올랐으나, 그것을 꾹 참아 넘기며 앞서가는 형을 조용히 뒤따랐다. 분명 형은 스스로에게 무언가를 확인하고 싶은 것 같은, 그리고 화실에서 지껄이던 말들이 결코 우연한 이야기들이 아니었던 것 같은 생각이 들었다. 그것은 그 며칠 전에 형이 저지른 실수 그것 때문일 거라고 나는 혼자 추리를 해보았다. 하지만 그것은 형의 실수만은 아니었다. 그러나 중요한 것은 형의 칼끝이 그 소녀의 몸에 닿은 후에 소녀의 숨이 끊어진 것이었다.

건널목에 이르러 신호등에 막히자 형은 비로소 나를 돌아다보았다. 형의 눈빛이 무엇인가 나에게 묻고 있는 것 같았다. 절대로 대답을 할 수 없으리라고 믿는 그런 것을 자랑스럽게 묻고 있는 눈빛이었다.

"아까 형님은 부러 그러신 것 같았어요."

형이 자주 드나들었던 듯한 어떤 홀로 들어가서 자리를 정해 앉자 나는 극도로 관심을 아끼는 목소리로 말했다.

"뭘?"

형은 시치미를 뗐다.

For a brief instant he looked perplexed. In fact, he seemed just to feel that he had to look perplexed. "You must be accident-prone, brother. Your feet must have been out of control, right? The girl didn't look like she was in pain, but then you couldn't have known that because you didn't turn around to look."

The following day my brother started writing his novel, and I was no longer able to work on my painting.

The gist of my brother's novel roughly went like this. The story began in a South Korean army camp before the outbreak of the Korean War. It focused on two men in the camp. One of them was O Kwan-mo, a sergeant who always carried a bayonet in his hand. He was short and had pale lips, and when he got angry, his eyes became triangular, like those of a poisonous adder. When a new recruit joined the unit, he would brandish his bayonet under the recruit's nose and with his triangular eyes threaten him into submission by saying, "Any man who sticks his belly out in front of me, I'll cut it open with one swipe!" At night the poor recruits understood the true and strange meaning of what Kwan-mo had said earlier. I wasn't certain whether

"아까 그 아이의 손을 밟은 거 말입니다."

나는 오히려 귀찮아하는 목소리로 말했다. 형은 잠시 당황하는 얼굴을 했다. 아무 생각도 없이 그저 그렇게 해야 한다는 생각 때문에 당황해 보이는.

"하지만 별수 없더군요, 형님도. 발이 말을 잘 듣지 않았던 모양이죠. 아이가 별로 아파해하지 않은 것 같았어요. 형님은 나 때문에 뒤를 돌아보지 못해서 모르실 테지만."

형은 그 다음날부터 소설을 쓰기 시작했고, 그러자 나는 그림에 손을 댈 수 없게 되어 버린 것이다.

형의 이야기의 본 줄거리는 대강 다음과 같은 것이었다. 그것은 6·25사변 전의 국군 부대 진중에서부터 시작되었다.

진중 생활에서 형은 두 사람에 대해 이야기의 초점을 맞추고 있었다. 한 사람은 오관모라고 하는 이등중사(당시 계급)였는데, 그는 언제나 대검을 한 손에 들고 영내를 돌아다니는 습관이 있었다. 키가 작고 입술이 푸르며 화가 나면 눈이 세모로 이그러지는 독 오른 배암 같은 인상의 사내였다. 그는 부대에 신병이 들어오기만 하면 다짜고짜 세모눈을 해가지고 대검을 코밑에다 꼬나 대며 〈내

any of them stuck his belly out but Kwan-mo never actually cut any of them open.

Then one day a new recruit joined Kwan-mo's unit. He was the other male character in the story, and was simply called Private Kim. He had a beautiful face, like a girl's, and was a little pudgy. Other than the fact that Private Kim's nose was "stubbornly stuck up," he was so submissive that there was no reason for Kwan-mo's eyes to turn triangular. However, for some odd reason, Kwan-mo began to beat Private Kim from nearly the first day in camp, acting like an angry snake whose tail had been stepped on. At first, the narrator of the novel suggested humorously that Private Kim's stuck-up nose was costing him dearly, but that kind of lightness was only temporary.

I was returning from the mountain, carrying poles I had cut for a makeshift stretcher in the medical section. My route took me around the back of the unit, by the outhouse, and that's where I saw Kwan-mo holding a broomstick. Private Kim was lying on the ground, and Kwan-mo was flogging him in a frenzy, like a man trying to kill a dog. As soon as Kwan-mo saw me, he

게 배를 내미는 놈은 한 칼에 갈라 놓는다〉고 부술 듯이 위협을 하여 기를 꺾어 놓는 것이었다. 그리고 그날 밤으로 가엾은 신병들은 관모가 낮에 배를 내밀지 말라던 말의 뜻을 괴상한 방법으로 이해하게 되곤 하였다. 관모에게 배를 내미는 사람이 몇이나 되었는진 알 수가 없지만, 관모가 그 신병들의 〈배를 갈라 놓는〉 일은 한 번도 없었다. 그러던 어느 날, 관모네 중대에 또 한 사람의 신병이 왔다. 그가 바로 형의 이야기에서 초점을 맞추어지고 있는 다른 한 사람인데, 그는 김 일병이라고만 불리고 있었다. 얼굴의 선이 여자처럼 곱고 살이 두꺼운 편이었는데, 〈콧대가 좀 고집스럽게 높았다〉는 점을 제외하면 김 일병은 관모가 세모눈을 지을 필요도 없을 만큼 유순한 얼굴을 하고 있었다. 그런데 어떻게 된 셈인지 바로 다음 날부터 관모는 꼬리 밟힌 독사처럼 약이 바짝 올라서 김 일병을 두들겨 패기 시작했다. 〈나〉는 김 일병의 코가 제값을 하나 보다고 생각했으나 그런 장난스런 생각은 잠깐뿐이었다.

〈내가 뒷산에서 의무대의 들것 조립에 쓸 통나무를 베어 들고 관모네 중대의 변소 뒤를 돌아오고 있을 때였다. 관모가 김 일병을 엎드려 놓고 빗자루를 거꾸로 쥐고 서

threw the broomstick away and grabbed one of the poles I was carrying. I stood dumbfounded while Kwan-mo, breathing heavily, used the pole to strike Private Kim across the buttocks, each blow making a heavy thud that sounded across the valley. But Private Kim submitted to Kwan-mo's flogging with a frightful composure. There was a rumor that what irritated Kwan-mo was the way Private Kim passively accepted his constant abuse. Indeed, Private Kim was unbelievably calm and I couldn't believe my eyes. Meanwhile, Kwan-mo was sweating profusely and making strange cries. It was a dreadful sight. It seemed like Kwan-mo was begging Private Kim to give in. And I wound up seeing something very strange. What caused me to become a spectator and intervene in this weird contest between Kwan-mo and Private Kim was that moment when I had seen Private Kim's eyes. Private Kim, whose body had seemed immobile, slowly raised his head and looked up at me. At that moment, the look on his face made me stop breathing.

What the narrator saw was the expression in Private Kim's eyes. Each time he was flogged below

투른 백정이 개 잡듯 정신없이 매질을 하고 있었다. 관모는 나를 보자 빗자루를 버리고 대뜸 나에게서 통나무를 낚아 갔다. 미처 어찌할 사이도 없이 관모의 세찬 숨소리와 함께 김 일병의 엉덩이 살을 파고드는 통나무의 둔중한 타격음이 산골을 울려 퍼졌다. 그러나 김 일병은 무서울 정도로 가지런한 자세로 관모의 매를 맞고 있었다. 김 일병이 관모의 매질에 한 번도 굴복한 일이 없다는 소문이 있었고, 그것이 더욱 관모를 약오르게 한다고도 했지만, 나는 당장 눈앞에 엎드려 있는 김 일병의 조용한 자세를 믿을 수 없었다. 김 일병의 자세는 절대로 흐트러지지 않았다. 관모는 괴상한 울음소리 같은 것을 입에 물며 땀을 뻘뻘 흘리고 있었다. 끔찍스러운 광경이었다. 그것은 마치 김 일병이 그만 굴복해 주기를 관모가 애원하고 있는 형국이었다. 그러다 나는 마침내 이상한 것을 보았다. 내가 관모와 김 일병 사이로 끼어들어 내내 그 기이한 싸움의 구경꾼이 되어 버린 동기는 아마 내가 그것을 보게 된 데서부터였으리라. 언제까지나 자세를 허물어뜨리지 않을 것 같던 김 일병이 마침내는 천천히 머리를 들어 나를 올려다보았는데, 그때 나는 갑자기 호흡이 멈추어 버린 것처럼 긴장이 되고 말았다.〉

his waist, a "blue flame" would shoot through his eyes.

My brother described that look at considerable length. Even so, he seemed doubtful about whether he'd done it adequately because he left two empty pages before moving on. Perhaps he wanted to change the description of the blue flash to make it more convincing. At any rate, it seemed that my brother, at the moment of the recollection, was enduring an intense experience, as if he were witnessing the blue flash all over again. My brother's literary imagination could not have concocted such a thing.

> Private Kim exposed the ghastly whites of his eyes, twisted his lower body to the side, and groaned, "Ugh! Ugh! Ugh!" On the verge of crying out, Kwan-mo jumped on top of Private Kim's writhing body, jerking his hips to and fro in a frenzy.

After that, the narrator saw the bizarre confrontation often. Each time he watched the blue flame flash across Private Kim's eyes, in his mind he wanted Kwan-mo to flog him even harder. The

그때 〈내〉가 김 일병에게서 보았던 것은 김 일병의 눈빛이었다. 허리 아래에서 타격이 있을 때마다 김 일병의 눈에서는 〈파란 불꽃 같은 것이 지나갔다〉는 것이다.

여기서 형은 그 눈빛에 관해서 상당히 길게 설명을 하고 있었다. 그리고도 미심했던지 형은 원고지를 두 장이나 여분으로 남기고 지나갔다. 그 눈빛에 관해서 좀 더 설득력 있게 이야기를 바꾸어 보려는 것이었는지도 모른다. 어떻든지 형은 그 순간에 적어도 그 파란 눈빛의 환각에 빠졌을 만큼 강렬한 경험을 견디고 있었던 것이 사실인 것 같았다. 형의 소설적 상상력은 절대로 그런 것을 상정해 낼 수 있을 정도는 아니기 때문이다.

〈그러나 김 일병은 그 눈을 무섭게 까뒤집으며 으으으 하는 신음과 함께 아랫몸을 옆으로 비틀었다. 관모가 울상이 되어 김 일병에게 달려들어 그 꿈틀거리는 육신을 타고 앉아 미친 듯이 하체를 굴려댔다.〉

〈나〉는 다음에도 여러 번 그 기이한 싸움을 구경했다. 그때마다 〈나〉는 김 일병의 〈파란 빛〉이 지나가는 눈을 지키면서 속으로 관모의 매질에 힘을 주고 있었다. 그런 때 〈나〉는 그 눈빛을 보면서 이상한 흥분과 초조감에 몸을 떨면서 더 세게 더 세게 하고 관모의 매를 재촉했다.

narrator himself would shudder with excitement and nervousness, secretly urging Kwan-mo to strike harder and harder.

It was strange. I did not know why I was so nervous and excited; nor did I know whose side I was on. And so without my knowing a single thing about this, and with the strange confrontation between these two men not yet over, the Korean War broke out.

This section of the story ended here. The true focus of the story, however, had not yet been revealed. The focus of the story was about how my brother became a straggler, killed someone, and then, because of this murder, was able to escape from enemy territory. But looking at how far he went, I could tell that my brother concentrated in minute detail, building up the story to the main point, abridging the incident itself considerably. Starting a new section, my brother began describing about the defeat.

The setting was moved to a cave in a valley somewhere around Kanggye. It was snowing outside, and near the mouth of the cave the narrator

〈이상한 일이었다. 나는 왜 그렇게 초조하고 흥분했었는지, 또 나는 누구를 편들고 있었는지, 그런 것을 하나도 모른 채, 그리고 그 기이한 싸움은 끝이 나지 않은 채 6·25사변이 터지고 말았다.〉

이야기는 거기서 한 단이 끝났다. 그러나 아직 이야기의 초점은 드러나지 않고 있었다. 이야기의 초점이란 형이 패잔 때 죽였노라고 했던, 그를 죽였기 때문에 그 먼 탈출에 성공할 수 있었노라던 일에 대한 것 말이다. 하지만 나중까지 가보면 형은 이야기를 위해서 사건을 상당히 생략하고 초점을 향해 치밀하게 이야기를 집중시켜 가고 있음을 알 수 있었다.

다음에서 형은 곧 그 패잔에 관해서 이야기하고 시작했다. 이야기의 무대를 강계의 어느 산골 동굴로 옮겨 갔다.

동굴 바깥은 〈지금〉 눈이 내리고 있고 〈나〉는 굴 어귀에 드러누워 머리를 반쯤 밖으로 내놓고 눈을 맞고 있다. 그 안쪽에 오관모 이등중사가 아직 차림이 멀쩡한 군복으로 앉아 있고, 굴의 가장 안쪽 벽 아래에는 김 일병이 가랑잎에 싸여 누워 있다. 그들은 패잔병이다. 동굴 안에는 무거운 긴장이 흐르고 있다. 〈나〉는 그러고 엎드려서 한창 눈에 덮이고 있는 골짜기를 내려다보면서도 신경은 줄곧 관

was lying on his stomach with his head sticking halfway out, being snowed on. Inside, Kwan-mo was sitting in a relatively clean uniform while Private Kim was at the back of the cave, covered by a pile of dead leaves. They were defeated soldiers, and the mood in the cave was tense. Even as the narrator gazed into the valley below, where he could see the deep snows of winter beginning to pile up, his mind was on Kwan-mo. The sergeant was chewing on and spitting out reeds. The corners of his mouth were beginning to foam with thick spittle, and his eyes were fixed on the narrator's back. My brother described this desperate moment by writing simply, "It was because the first snow was falling." Such compressed writing made the narrator seem even more on edge. Private Kim's right arm had been severed—this was explained later in the story, but I thought it best to mention it now—and his eyes looked utterly blank, as if he were not even conscious of the other men.

> We didn't even know where we were, except that it was north of Kanggye. We were told by other troops in the area that we might be able to see the Yalu River in a day or two. At dawn,

모에게 가 있고, 관모 역시 입가에 허연 침이 몰리도록 갈대를 씹어 뱉곤 했으나, 낮게 뜬 눈은 〈나〉의 등에 고정되어 있다. 그런 긴장을 형은 〈지금 눈이, 첫눈이 내리고 있기 때문〉이라고만 간단히 말하고 지나갔다. 그런 간단한 비약이 나를 훨씬 긴장시켰다. 김 일병은 오른팔이 하나 잘려(이것은 꽤 나중에 밝혀지고 있지만, 이야기를 쉽게 하기 위해 먼저 밝혀 두는 것이 좋을 것 같다) 다른 두 사람을 잊어버린 듯 의식이 깊이 숨어 버린 눈을 하고 있다.

〈어느 곳인지도 모른다. 강계 북쪽, 하루나 이틀 뒤면 우리는 압록강 물을 볼 수 있으리라 하였다. 그러나 그날 새벽 우리는 갑자기 전쟁 개입설이 돌던 중국군의 기습을 받았다. 별로 전투다운 전투를 겪어 보지도 못하고 여기까지 밀려온 우리는 처음으로 같은 장소에서 꼬박 하루 동안을 총소리와 포성 속에 지냈다. 어느 쪽이나 촌보의 양보도 없이 버티었다. 다음 날 새벽 부상병을 나르던 내가 오른쪽 팔이 겨드랑 부근에서 동강난 김 일병을 발견하고 바위 밑으로 끌고 가 응급 지혈을 하고 있을 때였다. 별안간 총소리가 남으로 이동하기 시작했다. 아직 정신을 돌리지 못한 김 일병 때문이기도 했지만, 총소리는 미처 내가 어떻게 할 사이도 없이 갑자기 남쪽으로 내려가 버

however, we were unexpectedly attacked by the Chinese Communist forces whose intervention in the war had been only rumored. Until then we had advanced without engaging in any serious battle. Now, for the first time, we spent the entire day pinned down by gunfire and artillery shelling. Both sides held out, not yielding an inch of ground. The following dawn, while I was looking for injured soldiers, I found Private Kim with his right arm severed at the armpit. I carried him to a shelter beside a boulder and began giving him emergency aid to stop the bleeding. Suddenly, the sound of gunfire started moving toward south. Partly because Private Kim hadn't regained consciousness but also because the gunfire was moving to the south so quickly, I wasn't able to do anything but take cover where I was. Soon I could hear the Chinese troops calling to each other as they passed over the hill. By daybreak of the following day, the main Chinese line had left the valley. Still, for half a day I was unable to leave the protection of the boulder. Gradually, the sound of artillery fire disappeared to the south and the last of the Chinese troops continued to filter by.

렸고, 중공군이 이내 수런수런 산을 누비고 지나갔다. 금방 날이 밝았다. 그러나 그때는 이미 골짜기가 중공군의 훨씬 후방이 되어 있었다. 나는 바위 밑에서 옴지락도 못하고 한나절을 보냈다. 포성이 남쪽으로 남쪽으로 사라져 가고 중공군도 뜸해졌다. 그날 해가 질 무렵에야 김 일병은 정신을 조금 돌렸다. 다음 날은 뜸뜸하던 포성마저 사라지고 중공군도 발길이 딱 끊어졌다. 전쟁이 늘 그렇듯이, 대충만 훑고 지나가면 뒤에 남은 것은 제풀에 소멸해 버리거나 이미 전쟁과는 상관없을 만큼 힘을 잃어버리게 마련. 중공군은 골짜기를 버리고 갔다. 혹시 부상당한 적의 패잔병 따위가 남아 있는 것을 눈치챘다 해도 그들은 그냥 그렇게 지나가 버렸을 것이다. 골짜기는 이제 정적과 가을 햇볕으로 가득할 뿐이었다. 하지만 나는 불안했다. 싸움터에서 흩어진 건빵 봉지와 깡통 몇 개를 모아 가지고 김 일병을 부축하며 좀 더 깊고 안전한 곳으로 은신처를 찾아 나섰다. 김 일병의 상처는 경과가 좋은 편이었지만, 포성마저 사라져 버린 지금 국군을 찾아 떠나기는 불가능한 일이었다―포성이 곧 되돌아오겠지―안전한 곳에서 기다려 보자.

골짜기를 타고 올라와서 잣나무 숲을 빠져나오니 산정

That evening, Private Kim became semiconscious. The following day, the sporadic artillery shelling faded completely and there were no longer any traces of Chinese troops. As in all wars, what's left behind after a battle is over either perishes on its own or becomes powerless to participate in the war. The Chinese troops left the valley. Even if they had guessed that there were a few wounded stragglers, they would still have abandoned the battlefield as they did. The valley was now filled with silence and the autumn sun. But I continued to feel uneasy. I scavenged the battleground, finding a bag of hard biscuits and a few cans, and, supporting Private Kim, I set out to find a safe place to hide. Private Kim's wound was healing relatively well, but it was impossible to look for the rest of the South Korean forces once the sound of battle had disappeared. Perhaps the noise would return. Until then, we would need a safe place in which we can wait.

Private Kim and I climbed up the valley and came out through a pine grove into a field that stretched to the top of the mountain. I found a cave and was peeking inside, with Private Kim leaning against me, when a voice behind me

까지 이어진 초원이 나섰다. 거기서 관목을 타고 올라오다 나는 동굴을 하나 발견했다. 내가 그 동굴 앞에서 김 일병을 부축한 채 안을 기웃거리고 있을 때였다.

"어떤 놈들이 주인 허락도 없이 남의 집을 기웃거리고 있어!"

소스라쳐 돌아보니 건너편 숲 속에서 우리 쪽에다 총을 겨눈 채 웃고 있는 사람이 있었다. 관모였다.

"고기가 먹고 싶던 참이라 마침 방아쇨 당길 뻔했다."

관모는 총을 거둬 쥐고 훌쩍 뛰어 건너왔다. 그러고는 내가 부축하고 있던 김 일병의 팔을 들춰 보더니,

"이런! 넌 별로 쓸모가 없겠군."

심드렁하게 혀를 찼다. 그러곤 나의 어깨를 툭 쳤다.

"하지만 고맙지 뭐냐. 적정을 살피러 가래 놓고 다급해지니까 저희들만 싹 꽁무니를 빼 버린 줄 알았더니 너희들이 날 기다려 줬으니."〉

거기까지 이야기한 다음 소설은 다시 눈이 오고 있는 동굴로 돌아왔다.

오관모는 질겅질겅 씹고 있던 억새를 뱉어 버리고 구석에 세워 둔 카빈총을 집어지고 동굴을 나갔다. 그는 〈장소〉와 인적을 탐색하러 간 것이었다. 관모는 〈이〉 골짜기

shouted, "Who the hell is peeping into someone else's house without permission?!"

I turned around, startled. From the opposite side of the woods, there was a man aiming a rifle at us, smiling. It was Kwan-mo.

"I almost pulled the trigger because I felt like eating some meat," said Kwan-mo. Putting his rifle back on his shoulder he ran over to us. He looked at Private Kim's arm. "Oh! You look useless," he said, clicking his tongue. Then he tapped my shoulder. "But I ought to be thankful since you guys waited for me. They sent me out to do a reconnaissance, but when things became ugly, everyone ran for his life."

From here, the novel shifted back to a point when it had begun to snow. Sergeant Kwan-mo spat out the dry reed he had been chewing and walked out of the cave carrying his carbine. He went out to look around and hunt for signs of other troops. He was shrewd enough to check whether it would be safe to fire a rifle in the valley without it being heard. Just Private Kim and the narrator were in the cave now.

에서 총소리를 내도 좋을까를 미리 탐색할 만큼은 지략이 있었다. 이제 동굴에는 〈나〉와 김 일병뿐이었다.

〈우리는 우선 전투 지역에 흩어진 식량 거리를 한데 모아놓고 동굴로 날랐다. 많은 것은 아니었으나 우리는 그것을 하루분이나 이틀분씩만 가볍게 날라 올렸기 때문에 며칠을 두고 산을 내려 다니지 않으면 안 되었다. 그것은 우리가 아직도 군인이라는 유일한 행동이기도 했다. 김 일병을 남겨 놓고 둘이는 매일 한 차례씩 산을 내려갔다. 그러나 사실을 말하자면 그런 모든 행동의 결정은 관모가 내렸고, 그런 중에 관모는 김 일병을 제외한 둘이만의 시간을 가지려는 눈치를 여러 번 보였다. 동굴에서의 관모는 언제나 이야기의 주변만 돌고 있는 것 같았다. 그래서 그에게는 틀림없이 따로 하고 싶어 하는 이야기가 있는 듯한 눈치가 느껴지곤 했었다. 그러나 막상 둘이 되었을 때도 관모는 어떤 이야기의 주변만 맴돌 뿐 좀체 말을 꺼내지 않았다.

그러던 어느 날, 그날도 둘이서 산 아랫것들을 마지막으로 메어 오던 날이었다.

산을 앞장서 오르던 관모가 발을 멈추고 돌아보며 불쑥 물었다.

First we gathered food left on the battlefield and carried it back to the cave. It wasn't much but we made numerous trips down the mountain over a period of several days, and we carried one or two days' worth of supplies each time. This was our sole activity reminding us that we were still soldiers. Kwan-mo and I each went down the mountain separately, leaving Private Kim in the cave. All the decisions were made by Kwan-mo and by doing this he seemed to want to be alone with me, out of Private Kim's hearing. Inside the cave, Kwan-mo always seemed to be hemming and hawing, as if he wanted to tell me something. But when we were alone, he couldn't bring himself to say what was on his mind. Instead, he just beat around the bush.

But on the last day of our forays into the valley for supplies, Kwan-mo stopped suddenly and turned around to face me. "The sound of artillery isn't going to start up again, is it?" he asked abruptly.

"We'll have to wait until the winter is over," I replied without thinking, drawing a deep breath. Kwan-mo smiled a little.

"How long can we survive on this?" he asked,

"포성은 인제 안 오려나 보지?"

"겨울을 나면서 천천히 기다려야지."

나는 숨을 몰아쉬며 무심결에 대답했다. 그때 관모가 조금 웃었다.

"요걸로 얼마나 지낼까?"

관모는 자기의 어깨에 멘 쌀자루를 툭툭 쳐 보였다. 그러는 관모의 표정이 변했다.

"입을 줄이는 수밖에 없지."

말하고 나서 관모는 휙 몸을 돌려 다시 산을 오르기 시작했다. 나는 얼핏 그의 말뜻을 알아들을 수가 없었다. 대꾸를 못하고 아직 그 말을 씹으며 뒤를 따르고 있으니까 관모가 다시 발을 멈추고 돌아섰다.

"다 내게 맡기고 너 같은 참새가슴은 구경만 하면 돼. 위생병은 그런 일에는 적당치 않으니까. 한데…… 언제가 좋을까?"

그는 찬찬히 나의 얼굴을 들여다보았다. 그리고 이미 모든 것을 결정해 놓았던 듯 별로 생각해 보지도 않고 잘라 말했다.

"첫눈이 오는 날이 좋겠어. 그사이에 포성이 오면 또 생각을 달리 해도 될 테니까."

punching the rice bag on his shoulder. Then his expression changed. "We have no choice but to reduce the number of mouths to feed," Kwan-mo said, quickly turning around. He began climbing the mountain again. At first, I didn't understand what he meant. I was walking behind him, pondering his words, when he stopped again and turned around.

"Leave everything to me. A sparrow-heart like you can just watch. A medic isn't fit for this kind of work. By the way, when would be the best time?" He gazed into my face, then spoke curtly to me as if everything had been decided. "I think the first day of snow would be good. If the sound of artillery comes back in the meantime, we can rethink it." Kwan-mo stared at the sky as if snow might fall that very day.

That night Kwan-mo approached me again. I violently drove him away, appalled more than usual. It was utterly dreadful. It happened the first night we came to the cave. After I'd fallen asleep, I suddenly opened my eyes, disturbed and uncomfortable. I felt a stubby lump thrusting against my buttocks. Someone was breathing heavily in my ear. Disgusted, I twisted my body,

그리고는 금방 눈이 떨어지기라도 할 것처럼 하늘을 쳐다보는 것이었다.

그날 밤 관모는 또 나에게로 왔다. 그러나 나는 다른 어느 때보다 역겨워 그를 호되게 쫓았다. 사실로 그것은 역겹고 불쾌한 일이었다.

우리가 이 동굴로 온 첫날 밤, 막 잠이 든 뒤였다. 동굴의 어둠 속에서 나는 몸이 거북해서 다시 눈을 떴다. 정신이 들고 보니 엉덩이 아래를 뭉툭한 것이 뿌듯이 치받고 있었다. 귀밑에서 후끈거리는 숨결을 의식하자 나는 울컥 기분이 역해져서 몸을 비틀었다. 그러나 놈은 가슴으로 나의 등을 굳게 싸고 있었다.

"가만있어……."

관모가 귀밑에서 황급히, 그러나 낮게 속삭였다. 나는 견딜 수가 없었다. 구렁이처럼 감겨드는 놈을 매섭게 밀쳐 버리고 바닥에 등을 꽉 붙이고 누웠다. 그는 한동안 숨을 죽이고 있더니 할 수 없었는지 가랑잎을 부스럭거리며 안쪽으로 굴러갔다. 나는 눈을 감았다. 그리고 희한하게도 관모가 김 일병에게서 낮에 말했던 '쓸모'를 찾아낸 소리를 듣고 있었다.

아마 그것은 김 일병이 관모에게 뒤를 맡긴 최초의 일

but the bastard locked his arms around my chest.

"Stay still," Kwan-mo panted into my ear. I couldn't stand it. The bastard was coiled around me like a snake. With a violent push, I flipped over onto my back and glued myself to the ground. He held his breath for a while, then rolled away, rustling the dead leaves, resigned to leaving me alone. I closed my eyes. Strangely, I understood what Kwan-mo had said that afternoon about finding Private Kim "useful."

That night might have been the first time that Private Kim allowed Kwan-mo to have him from behind. The next day, Private Kim's expression had not changed much. Instead, he appeared cheerful. When I told him about the sound of artillery, and that it might soon return, the life seemed to come back to his eyes.

Kwan-mo bothered Private Kim less after that. Private Kim's wound remained stable, though it was serious enough that it could never heal entirely under the care of a mere medic like myself. A few more days went by without change, and then one evening Kwan-mo came to me again, breathing heavily. He said that Private Kim stank. I chased him to Private Kim. After that,

이었을 것이다.

다음 날, 김 일병의 표정은 별로 달라지지 않고 있었다. 오히려 얼마쯤 차분해진 쪽이었다. 그사이 김 일병에게서 의식하지 못했던 그 눈빛까지 되살아난 것 같았다. 포성의 이야기, 곧 포성이 되돌아오게 될 거라는 이야기를 해 주었을 때 김 일병은 잠깐 그런 눈을 했었다. 관모는 김 일병을 별로 괴롭히지 않았다. 김 일병의 상처는 더 나빠지지는 않았으나 결코 위생병 옆에서는 좋아질 수도 없을 만큼 큰 것이었다. 그렇게 며칠을 지나던 어느 날 밤 관모가 다시 나에게로 와서 더운 입김을 뿜어댔다. 김 일병에게서는 냄새가 난다고 했다. 나는 관모를 다시 김 일병에게로 쫓아 버렸다. 그러나 그 며칠 뒤부터 관모는 절대로 다시 김 일병에게로는 가지 않았다. 그러다가 그 첫눈에 관한 이야기를 시작했다. 사실 김 일병의 상처에서는 견딜 수 없을 만큼 냄새가 났다. 그날 밤도 관모는 김 일병에게 가지 않았다. 관모는 밤마다 나의 귀밑에서 더운 입김만 뿜다가 떨어져 가곤 했다. 내가 할 수 있는 것은 등을 바닥에서 떼지 않는 것뿐이었다. 초겨울로 접어들었는데도 눈은 무척 더디었다. 이제 김 일병에게서는 아무리 포성의 이야기를 해도 그 기이한 눈빛이 나타나지 않았고,

Kwan-mo never got close to Private Kim again. Then he started talking about the first snow.

It was true that the smell from Private Kim's wound had become unbearable. Kwan-mo didn't go to Private Kim. Every night he came and breathed into my ears, then fell asleep. All I could do was to keep my back tightly glued to the ground. It was early winter but there was no sign of snow. I again tried to talk to Private Kim about the sound of artillery, but the light was gone from his eyes. He even refused my daily application of disinfectant and no longer got up at all. He ate nothing for three days, not even the biscuit-crumb soup he used to gulp down with so much enjoyment. Finally, when our hope of hearing artillery was gone, the first snow fell.

Here the jump to the scene about the first snowfall was completely clarified.

As darkness came, I watched Kwan-mo walking up from the valley. He would climb a little, then stop for a while, looking up at the cave. I felt my arms and legs growing numb with dread. I rushed over to Private Kim and looked into his eyes. His

나중에는 하루 한 번씩 내가 소독약을 발라 주는 것조차 거절하고 있었다. 건빵 가루로 쑤어 준 미음을 받아먹던 것도 이미 사흘 전의 일, 포성에 대한 희망은 까마득한 채 드디어 첫눈이 내리게 된 것이다.〉

여기서 그 첫눈에 관한 비약은 완전히 해명이 된 셈이었다.

〈어둠이 차오르기 시작한 골짜기 아래서 가물가물 관모가 올라오고 있었다. 관모는 조금 오르고는 한참씩 멈춰 서서 동굴을 쳐다보곤 했다. 긴장 때문에 사지가 마비되어 오는 것 같았다. 나는 후다닥 김 일병 쪽으로 가서 그의 눈을 들여다보았다. 그 눈동자는 천장의 어느 한 점에 고정되어 있었으나 시신경은 이미 작용을 멈춰 버린 것 같았다. 그 눈은 시신경의 활동보다 먼저 그의 안이 텅 비어 버린 것을 말해 주고 있을 뿐이었다. 가끔씩 눈꺼풀이 내려와서 그 눈알을 씻고 올라가는 것이 그가 아직 살아 있다는 유일한 증거였다.

"눈이 오고 있다, 김 일병."

나는 부드러운 목소리로 아무렇지 않게 말하고 나서 다시 그 김 일병의 눈을 들여다보았다. 그 눈에는 아무런 표정도 스치지 않았다.

pupils were fixed on the ceiling, and his optic nerves seemed to have stopped functioning. His eyes contained nothing but emptiness. The only sign that he was still alive was an occasional slow blink.

"It's snowing, Private Kim" I said softly. I looked into his eyes, but there was no response. "Private Kim, it's snowing," I said a little louder. When his expression still did not change, I quickly unwrapped the bandage, stiff with dried blood, from around his wound. Startled, I heaved a sigh. The flesh around the injury was crumbling like a mud wall. Again I gazed into Private Kim's eyes. Did he understand what I was saying, I wondered. Or was he listening to the last sounds of his life, letting himself sink into the deepest corner of whatever was left? Surprisingly, tears welled up in his eyes. Then he stopped blinking as if he didn't want to push back his tears. Soon his eyes became dry, as if the tears had stopped forever. His gaze remained fixed on the ceiling. And it was then that I thought it would be all right for him to die.

The story stopped here. Although the man my brother said he had killed was apparently Private

"김 일병, 눈이 오고 있어."

나는 좀 더 큰 소리로 말했으나 김 일병의 표정이 여전히 변하지 않는 것을 보고는 문득 손을 놀려 김 일병의 상처에 처맨 천을 풀었다. 말라붙은 피고름에 헝겊이 빳빳하게 엉겨 있었다. 그것을 풀어 내자 나는 흠칫 놀라 숨을 들이쉬었다. 상처 벽이 흙 벼랑처럼 무너져 가고 있었다. 나는 다시 김 일병의 눈을 보았다. 아 그런데 김 일병은 나의 말을 알아들은 것일까. 아니면 아까 분위기가 말해 준 모든 것을 이미 알아차리고 자신의 가장 깊은 곳으로 잠겨 들어가 마지막 생명의 소리에 귀를 기울이고 있었던 것일까. 뜻밖에도 그의 눈에 맑은 액체가 가득 차올라 있었다. 그리고 그것을 밀어내지 않으려는 듯이 눈꺼풀이 오래 동작을 그치고 있었다. 그 눈물을 되삼켜 버린 듯 그의 눈이 다시 건조해졌다. 눈동자가 뜻 없이 천정의 한 점을 응시하고 있었다.

그때 나는 김 일병이 죽어도 좋다고 생각했다.〉

이야기는 거기까지였다. 그러니까 형이 죽였다고 한 것은 아마도 김 일병이었을 터이지만, 그것이 누구의 행위일는지는 아직도 그리 확실하지가 않았다. 확실치 않은 것은 관모에 대해서도 마찬가지였지만, 어쨌든 거기에서

Kim, it still was unclear who had actually done it and what role Kwan-mo had played in the murder. Anyway, it really didn't matter to me who the killer was as long as my brother had gained the strength to escape. My brother had apparently already committed the murder once, and by retelling the story he was reliving the murder. But he hesitated to act. This reminded me of the hunting story told in the opening section of the novel: the narrator had nervously hesitated, unable to do anything, just as he now hesitated in deciding between Kwan-mo and Private Kim. I still had no idea why my brother wanted to write about the murder and what it had to do with the operation in which the girl died.

Every night I read through the novel, hoping for the story to end. But Kwan-mo always lingered down below in the valley, and Private Kim lay in the cave, awaiting my brother's decision. Most important of all, while my brother hesitated over finishing the novel, I couldn't do any of my own work in the studio.

The following morning my brother didn't show his face until after I'd eaten breakfast and left. I was determined to concentrate on my work and not think about his novel, so I went to the studio early.

형이 천 리 길을 탈출한 힘을 얻을 수 있었다면 그것은 가해자가 누구냐인가는 문제가 아니었다. 형은 이미 살인을 저지른 것이었다. 그리고 형은 지금 그 이야기를 함으로써 관념 속에서 살인을 되풀이하려는 참이었다. 그러나 그는 망설이고 있었다. 그것은 마치 소설의 서장으로 씌어진 눈과 사냥의 이야기에서, 그리고 관모와 김 일병의 눈빛 사이에서 아무것도 하지 못하고 초조하게 망설이고 있는 〈나〉를 연상케 했다. 수술에 실패한 소녀에 관해서만 생각하지 않는다면, 형은 지금 무슨 이유로 그때의 살인의 이야기를 하고 있는지, 그리고 그 살인의 기억을 되새기고 있는지도 알 수가 없었다. 더욱 그 살인의 기억 속에 이야기의 결말을 망설이고 있는지 형의 심사를 알 수가 없었다.

매일 저녁 나는 그 형의 소설을 뒤져 보고 어서 끝이 나기를 기다렸지만, 관모는 항상 아직 골짜기 아래서 가물거리고 있었고, 김 일병은 김 일병대로 형의 결정을 기다리고만 있었다.

무엇보다 나는 형이 그러고 있는 동안 화실에서 나의 일을 할 수가 없었다.

Even so, I knew that unless I was emotionally ready, I wouldn't be able to get any painting done. I walked to the window and lit a cigarette. The students would be coming to the studio in the afternoon. As always, I sat in front of that large canvas, feeling dizzy and doing nothing except think about my brother's novel. It was as if one of the story's characters was trying to appear on my canvas. Until I read the end and my brother kill Private Kim, I could not paint. Of course, I could infer an ending to the story. After all, my brother had said that he had killed his fellow soldier. But he might have meant that his passive response to Kwan-mo's actions had made him complicit in a homicide. If that was the case, my brother was pathetic and I'd loathe him. He was a superb intellectual, but he always hesitated, agonizing over other people's actions, imagining they were his, and never acting on his own. Caught in a paradox, he was trying to prove he had a conscience by tormenting himself over the death of the girl, even though it wasn't entirely his fault. My brother seemed to want to affirm his moral identity in order to find new strength to go on.

Lately, however, my brother was becoming wishy-

다음 날 내가 아침을 먹고 집을 나올 때까지 형은 얼굴을 내밀지 않았다. 나는 낮 동안은 될수록 형의 소설을 생각하지 않고 나의 작업에만 전념해 보리라 마음을 다지고 일찍 화실로 나갔다. 그러나 나는 화가(畵架) 앞에 앉을 마음의 준비가 없이는 아무것도 되지 않는다는 것을 알고 있었다. 나는 유리창 앞으로 가서 담배를 피워 물었다. 화실로 학생들이 나오는 시간은 오후부터였다. 현기증이 나도록 넓은 화폭 앞에서 나는 결국 형의 소설만을 생각했다. 그 이야기 가운데의 누가 나의 화폭에서 재생되기라도 할 듯 그것의 결말을 보지 않고는, 형이 김 일병을 죽이기 전에는, 나의 일을 할 수가 없었다. 결말은 명백히 유추될 수 있었다. 형은 언젠가 자기가 동료를 죽였다고 말했지만, 형의 약한 신경은 관모의 행위에 대한 방관을 자기의 살인 행위로 받아들인 것인지도 모를 일이었다. 그렇다면 형은 가엾은 사람이었다. 그리고 미웠다. 언제나 망설이기만 하고 한 번도 스스로 행동하지 못하고 남의 행동의 결과나 주워 모아다 자기 고민거리로 삼는 기막힌 인텔리였다. 자기의 실수만이 아닌 소녀의 사건을 자기 것으로 고민함으로써 역설적으로 양심을 확인하려 하였다. 그리고 자신을 확인하고 새로운 삶의 힘을 얻으려는 것이었다.

washy even about things that were all in his mind. Though he pretended to be cruel, he was simply a coward. Perhaps his clever conscience wouldn't allow him to be anything else.

I walked through the studio and looked at my students' canvases over their shoulders, then ended up going home well before dark. My brother, of course, wasn't there. I went to his room to check the manuscript. It was the same as the day before. I put it back in the drawer and left the room. I took a shower, ate dinner, and exchanged a few jokes with my sister-in-law. All the while, I couldn't help feeling angry. I felt like pouring out all the abuse I could think of, starting with "What's he thinking?" My anger wasn't directed only at him, however; I would curse anyone in order to release the frustration that was building up inside me. When my sister-in-law left the house for some fresh air, I went back to my brother's room. I could wait no longer. I carried his unfinished manuscript and some blank sheets to my own room and began venting my anger on Private Kim. I pounced on him the way a leopard pounces on a rabbit. Of course I didn't know if this had actually been the case, but I concluded the story by having the narrator drag

그러나 요즘 형은 그 관념 속의 행위마저도 마지막을 몹시 주저하고 있었다. 악질인 체했을 뿐 지극히 비루하고 겁 많은 사람이었다. 영악하고 노회한 그의 양심이 그것을 용납지 않는 모양이었다.

나는 화실 학생들의 등 뒤에서 그들의 화폭만을 기웃거리다가 어스름 전에 집으로 돌아오고 말았다. 역시 형은 나가고 없었다. 나는 우선 형의 방으로 가서 원고부터 살폈다. 어제나 마찬가지였다. 원고를 다시 집어넣어 두고 방을 나왔다. 몸을 씻고 저녁을 먹고 아주머니와 몇 마디 싱거운 소리를 주고받는 동안 나는 줄곧 화가 나서 견딜 수가 없었다. "도대체 형이란 자는……"으로부터 시작해서 생각해 낼 수 있는 욕설은 모조리 쏟아 놓고 싶었다. 그러나 그것은 꼭 형을 두고 하는 생각만은 아니었다. 그저 욕을 하고 싶다는 것, 욕할 생각이라도 하고 있지 않으면 한순간도 견뎌 배길 수 없을 듯한 노여움 같은 것이 속에서 부글거렸다. 아주머니가 오랜만에 바람 좀 쐬고 오겠다고 집을 나간 다음, 나는 다시 형의 방으로 가서 쓰다 둔 소설과 원고지를 들고 나의 방으로 갔다. 기다릴 수가 없었다. 나는 화풀이라도 하는 마음으로 표범 토끼 잡듯 김 일병을 잡았다. 김 일병의 살해범이 누구인지 확실치

Private Kim out of the cave and shoot him. I had no idea whether my brother planned to continue with the escape but it didn't really matter to me. I fell asleep near dawn, after writing about the thumping of my brother's "sparrow-like heart," which Kwan-mo had called "hesitant and scared."

The following day, I worked on my painting a little. Although for some time I couldn't shake off a strange feeling of excitement. Perhaps subconsciously I was thinking of Hye-in's wedding. In fact, at one point it occurred to me that it would be appropriate for me to attend the ceremony. But I soon forgot about this because at last I was making progress on my canvas. After returning from lunch and while I was waiting for my students, a letter arrived unexpectedly by special delivery from Hye-in, who must have been in the wedding hall right at that moment. I tossed the letter in a drawer, thinking that I would open it the next day or else forget about it completely. I was anxious for my students to arrive. I thought it would be better to have them around. Suddenly someone flung open the door and walked in. It was my brother with bloodshot eyes. Of course, I hadn't assumed that he would simply ignore what I had done to his manuscript

도 않은 것을 〈나〉로 만들어 버렸다. 그러니까 〈내〉(여기서는 형이라고 해야 좋겠다)가 관모가 오기 전에 김 일병을 끌고 동굴을 나와서 쏘아 버리는 것으로 소설을 끝내 버렸다. 형은 다음에 탈출 이야기를 이을 것인지 모르지만 그것은 아무래도 좋았다. 관모의 말처럼 망설이고 두려워하기만 하는 형(〈나〉)의 참새가슴이 벌떡거리는 것을 그리다 나는 새벽녘에야 조금 눈을 붙였다.

다음 날, 나는 화폭에 약간 손을 댔다. 그러고 나서 한동안 묘한 흥분기 속에서 헤어나지를 못했다. 혜인의 결혼식을 무의식중에나마 의식하고 있었던 때문이었는지 모른다. 실상 나는 혜인의 결혼식을 가 보는 게 옳을는지 모른다는 생각이 들기도 했지만, 오랜만에 제법 손이 풀리는 것 같아서 그것을 금방 잊어버리고 있었다. 그런데 점심을 먹고 들어와서 막 아이들을 기다리고 있는 참에 뜻밖에 그때쯤 식장에 서 있을 혜인에게서 속달이 왔다. 하루가 지난 뒤에 뜯어 보든지 아주 잊어버려지기를 바라면서 봉투를 서랍 속에 던져 넣어 버렸다. 그리고는 아직 좀 이른 시간이었지만 아이들을 기다렸다. 그것들이 옆에 있어 주는 것이 좋을 것 같았다. 그러나 그때 문을 벌컥

the night before. But because I was at last able to paint, and because I was also distracted by thoughts of Hye-in's wedding, his visit came as a surprise.

My brother leaned in the doorway as if he had walked into the wrong place, scanned the room, and then slowly walked toward me.

"Was that girl's name Hye-in? Aren't you going to her wedding?" my brother said as he gazed vacantly at my painting. His voice was steady, but his forefinger trembled as it touched the canvas. Since Hye-in initially had come to my studio with an introduction from my brother's friend, he no doubt knew about her and even her fiancé.

"That should be the least of your concerns right now," I replied calmly.

"You are quite levelheaded, except for when you lost her," he said, laughing. He was beginning to make me uneasy.

"I guess you didn't come to thank me," I said.

"Of course. I didn't want you to misunderstand," he replied, pressing his finger into my canvas until he tore a hole. I stood up automatically. But with one hand he continued to widen the tear, and with the other he motioned me to sit back down.

"I just want an intelligent brother, that's all. I hope

열고 들어선 것은 눈이 벌겋게 충혈된 형이었다. 사실 나는 어젯밤 형의 이야기에 손을 대 놓고 형이 아주 모른 체하리라고는 생각지 않았다. 그러나 나는 모처럼 화폭에 손을 댈 수 있었고, 막연하게나마 혜인의 결혼이 머리에 젖어 있어서 미처 형이 그렇게 나타나리라고는 생각을 못 하고 있던 참이었다.

형은 문에 기대어 서서 문을 잘못 들어선 사람처럼 방 안을 한번 휘둘러보고 나서야 천천히 나의 곁으로 다가왔다.

"혜인인가…… 그 아가씨 결혼식엔 안 가니?"

형은 물끄러미 나의 화폭을 바라보면서 말했다. 예사스런 목소리와는 다르게 화폭에 가 닿은 식지가 파르르 떨리고 있었다. 혜인은 원래 형 친구의 소개로 나의 화실을 나왔던 터이니 형도 그건 알고 있을 것이었다. 그렇다면 형은 혜인에 대해서, 그리고 그 여자의 남자에 대해서도 알 만한 것은 알고 있을 터였다. 하지만 그게 내게 무슨 상관이란 말인가.

"형님의 관심은 그런 데 있는 게 아닐 텐데요."

나는 도사리는 소리를 했다.

"아가씨를 뺏긴 것 외에는 넌 썩 현명한 편이다."

형은 웃었다. 그러자 나는 갑자기 초조해졌다.

you don't get mad. I'm in too good of a mood to put up with any angry looks from you. I don't know much about painting but this is all wrong. You've definitely misunderstood. You'll soon find out. But in any case, I have to go to the wedding; I know the groom. I think I'm already late."

After that, my brother left the studio. He swaggered, shoulders swaying with confidence. I gazed out the door after him. When I turned back to my canvas, I saw that it hung askew, like the sail of a ship that's been caught in a storm. Suddenly remembering, I took Hye-in's letter out of the drawer. I considered its thickness for a moment and then opened it.

I'm leaving now. Why all of a sudden, you ask? Last night, you didn't even give me a chance to tell you I'm leaving for good. You would say it's because you hate pretentiousness. Well, I don't expect you to congratulate me. I should've already said my final good-byes to you, but since I couldn't, I suppose I'm once again putting on an act.

You don't need to be alarmed just because this is a letter from a bride-to-be on the eve of her wedding. You never wanted to take any kind of

"제게 감사하러 오신 것 같지는 않군요."

"그럼. 더구나 그런 오해를 하고 있을까 봐서."

하면서 형은 손가락으로 화폭을 꾹 눌러서 구멍을 내 버렸다. 나는 반사적으로 자리에서 일어섰다. 형이 한 손으로 구멍을 넓히면서 다른 한 손으론 내게 그냥 있으라는 시늉을 했다.

"좀 똑똑한 아우를 두고 싶을 뿐이야. 화를 내지 말았으면 해. 난 너의 기분 나쁜 쌍통을 상대하기에는 지금 너무 기분이 좋아 있어. 다만 이 그림은 틀렸어. 난 잘 모르지만. 틀림없이 넌 뭔가 잘못 알고 있으니까. 곧 알게 될 거야. 늦었을지 모르지만 난 이제 결혼식엘 가 봐야겠어. 신랑도 아는 처지라 말이다."

그리고 형은 나가 버렸다. 어깨가 퍽 자신 있게 흔들리고 있었다. 나는 한동안 형이 사라진 문을 멍하니 바라보고 있었다. 눈을 돌렸을 때 폭풍에 시달린 돛폭처럼 나의 화폭은 흉하게 너덜거리고 있었다. 나는 갑자기 생각이 난 듯 서랍에서 혜인의 편지를 꺼내어 잠시 손가락 사이에서 부피감을 느껴보다가 봉투를 뜯었다.

인제 갑니다. 새삼스럽다구요? 하지만 그제 밤에 선생

responsibility and my attempts to pressure you to be responsible never succeeded. I realized finally that there is nothing you can take responsibility for anyway. Perhaps you are under the impression that not taking responsibility is a responsible act in itself. You think that an emotional problem can be solved like a mathematical formula, but that merely proves you're incapable of taking full responsibility. Your answers always end up reverting back inside of you.

What made you that way was perhaps the strange wound you have. The man I'm marrying tomorrow calls your brother a Korean War casualty. At first I didn't know what he meant. But after hearing about the incident in your brother's clinic, his recent novel writing and drinking—yes, you may be surprised, but my fiancé is a friend of your brother's—I can understand to a certain extent. What I don't understand, though, is you. I thought of you when my fiancé told me that your brother's war wound had never healed, that he's still suffering from it. You, on the other hand, have a wound with no origin. I wondered then what kind of casualty you are, suffering from a wound that isn't a wound. Your symptoms are

님은 제가 이제 정말로 떠나간다는 인사말을 하게 해 주지도 않으셨지요. 그건 선생님께서 너무 연극기를 싫어하기 때문이라시겠죠. 저를 위해 축복해 주시라고는 하지 않겠어요. 다만 안녕히 계시라고 분명한 목소리로 말을 했어야 했고, 그걸 못 했기 때문에 다시 이런 연극을 하는 거예요.

결혼식을 하루 앞둔 신부의 편지라고 겁내실 필요는 없어요. 어떤 일도 선생님은 책임을 지려고 하지 않으셨고, 저는 선생님에게 책임을 지워 보려는 모든 노력에서 한 번도 이긴 적이 없으니까요. 결국 선생님은 책임을 질 수 있는 일이 아무것도 없음을 알았어요. 혹은 처음부터 책임을 지지 않도록 하는 일이 이미 책임 있는 행위라고 생각하고 계실지 모르겠어요. 감정의 문제까지도 수식을 풀고 해답을 얻어 내는 그런 방법이 사용될 수 있으리라고 생각하시는지 모르지만, 그것도 결국 선생님은 아무것도 책임질 능력이 없다는 증거지요. 왜냐하면 선생님의 해답은 언제나 모든 것이 자신의 안으로 돌아가는 것뿐이었으니까요.

선생님을 언제나 그렇게 만든 것은 선생님이 지니고 계신 이상한 환부였을 것입니다. 내일 저와 식을 올릴 분은

more serious, and your wound is more acute because you have no idea where it's located or what kind of wound it is. I don't know where your brother's strength comes from, but he stood his ground and fought to win the woman he wanted.

I'm not saying this because I allowed a few kisses and caresses. I wanted to help you heal, but I realized it's something only you can make happen. I can only pray that you will.

And now, I want to be happy no matter what. To be happy, one needs to forgive oneself above all else. Hoping that would happen to both of us, I'm going to stop writing here.

To the lord of the castle with the tightly sealed door,

Hye-in

"Has a strange wind blown into this house today?" my sister-in-law asked, smiling, when I returned home, having barely taught my students.

"What strange wind?" I replied, stealing a glance into my brother's room, which was empty, as usual.

"There's something different about you today. I could see it in your face," she said. It could be true.

선생님의 형님 되시는 분을 6·25전쟁의 전상자라고 하더군요. 처음에 저는 그 말을 알아들을 수가 없었지만 요즘의 병원 일과 소설을 쓰신다는 일, 술(놀라시겠지만 그분은 선생님의 형님과 친구랍니다)에 관한 모든 이야기를 듣고는 어느 정도 납득이 갔어요. 그렇지만 정말로 저는 선생님에 대해서는 알 수가 없었어요. 6·25의 전상이 자취를 감췄다고 생각하면 오해라고, 선생님의 형님은 아직도 그 상처를 앓고 있다고 하시는 그분의 말을 듣고 저는 선생님을 생각했어요. 그렇다면 이유를 알 수 없는 환부를 지닌, 어쩌면 처음부터 환부다운 환부가 없는 선생님은 도대체 무슨 환자일까 하고요. 게다가 그 증상은 더 심한 것 같았어요. 그 환부가 어디에 위치해 있는지, 그것이 무슨 병인지조차 알 수 없다는 점에서 선생님의 증상은 더욱더 무겁고 위험해 보였지요. 선생님의 형님은 그 에너지와 어디에 근원했건 자기를 주장해 왔고, 자기의 여자를 위해서 뭔가 싸워 왔어요.

몇 번의 입맞춤과 손길을 허락한 대가로 말씀드리는 것은 아닙니다. 제가 치료를 해 드릴 수 있었으면 하고 생각했었지만, 그것은 결국 선생님 자신의 힘으로밖에 치료될 수 없는 것이라는 것을 알게 되었습니다. 그렇게 되기를

It's because her expression, too, was different.

"What happened?"

"Your brother says he's going to start working again—beginning tomorrow," she said, grinning as if she'd been waiting all day to tell someone a secret.

I rushed into my brother's room, opened the drawer, and took out the manuscript. I momentarily held back my emotions as best as I could. I opened the novel to the last section. I rapidly scanned the words, feeling once again as though I was falling into an abyss. The ending of the novel had been changed. My brother had deleted the part of the novel that I had written and, in its place, had written his own conclusion. I couldn't tell to what extent the events he described were factual. For all I knew, the last part could have been complete fiction. In any case, my brother's version entirely rejected mine.

The narrator kept pacing in and out of the cave until Kwan-mo showed up. At last, Kwan-mo arrived. His face was shining with sweat in the darkness.

"Are you just going to lie there and stuff your face with the excuse that your arm's been cut off?!"

빌 뿐입니다.

그리고 이제 저는 어떻든 행복해지고 싶으며, 그러기 위해선 누구보다 먼저 자신이 자신을 용서해야 하리라는 조그만 소망 속에 이 글을 끝맺겠어요.

영영 열리지 않을 문의 성주(城主)에게

혜인 올림

"도련님, 오늘은 이 집에 무슨 못 불 바람이 불었나 보죠?"

가까스로 아이들을 돌보고 집으로 돌아오자, 아주머니는 전에 없이 웃는 얼굴이었다.

"바람이라뇨?"

나는 말하면서 힐끗 형의 방을 들여다보았다. 형은 역시 부재중이었다.

"도련님 얼굴이 다른 날과 달라요."

그것은 정말일는지 모른다. 아주머니 자신의 표정이 다른 날과는 다르기 때문이다.

"무슨 일이 있었나요?"

"형님이 내일부터 병원 일을 시작하시겠대요."

아주머니는 어서 누구에게라도 그 말을 하려고 기다리

Kwan-mo shouted at Private Kim. "Today you have to help us get ready for the winter." Kwan-mo began dragging Private Kim to his feet and pushing him out of the cave. The narrator grasped Kwan-mo's arm to hold him back, but Kwan-mo glared back with a vicious look. The narrator just dropped his head and said nothing.

"You just watch," said Kwan-mo in a low voice. He started down the mountain, pushing Private Kim in front of him. The narrator thought he heard Kwan-mo's voice yelling, "You sparrow-heart!" Private Kim descended calmly, though once he suddenly turned around to look at the narrator. There seemed to be nothing in those blank eyes. The two men stumbled on, leaving black footsteps in the snow. Until their tracks disappeared into a pine grove, the narrator felt paralyzed, as if his feet had been nailed to the ground. The snow stopped falling. The wind sweeping over the snow rustled through the bushes, making an eerie noise. Through the broken clouds, the stars streamed westward. A little later, a shot from the valley broke the silence. The sound circled the ridges once, then trailed off to the south. The shot caused the narrator to jump, as if he had been startled out of a long sleep.

고 있었던 듯 더 이상 참지 못하고 웃음의 비밀을 털어놓았다.

나는 형의 방으로 뛰어 들어가서 서랍을 열고 원고 뭉치를 꺼냈다. 잠시 나의 뇌수는 어떤 감정의 유발도 유보하고 있었다. 소설을 끝 부분을 펼쳤다. 그리고는 거기 선 채로 나의 시선은 원고지를 좇기 시작했다. 나의 감정은 다시 한 번 진공 속으로 빠져들어 갔다. 등을 보이고 좇기던 사람이 갑자기 돌아섰을 때처럼 나는 긴장했다. 형의 소설은 끝이 달라져 있었다. 형은 내가 쓴 부분을 잘라내고 자신이 다시 끝을 맺어 놓고 있었다. 형의 경험이 이 소설 속에서 얼마만큼 사실성을 유지하고 있는진 알 수 없다. 혹은 적어도 이 끝 부분만은 형의 완전한 픽션인지도 모른다. 형은 나의 추리를 완전히 거부해 버리고 있었다.

〈나〉는 관모가 나타날 때까지 동굴을 들락날락하고만 있다. 드디어 관모가 동굴까지 올라왔다. 그 얼굴이 어둠 속에서 땀에 번들거렸다. 그는 대뜸 〈동강난 팔 핑계를 하고 드러누워 처먹고만 있을 테냐〉며, 〈오늘은 네놈도 같이 겨울 준비를 해야겠다〉고 김 일병을 일으켜 끌고 동굴을 나간다. 〈내〉가 불현듯 관모의 팔을 붙잡는다. 관모가 독살스러운 눈으로 〈나〉를 쏘아본다. 〈나〉는 아무 말도 못하

Concealed somewhere deep inside the sound of that shot was a vivid memory that had remained with me, despite the numerous gunshots I had heard during the war. It was that same merciless, murderous, cold sound that had echoed in the snow-covered mountain when I went deer hunting as a boy.

The blood traces that had spread across the snow-covered mountain when he was a boy reappeared before the narrator's eyes. Then another shot echoed. The narrator shuddered, picked up his rifle, and went down the mountain, following the tracks of blood.

I'm going to see that deer, the one that has fallen down and is spitting blood. You just wanted me to watch? Is that it? The feast has always been yours.

The narrator kept repeating these words over and over while following the blood tracks.

The bloody tracks seemed to continue on and on, an endless trail in the midst of white snow. I ran. My forehead struck a low branch, and the

고 고개를 떨어뜨린다. 〈넌 구경이나 하고 있어……〉 타이르듯 낮게 말하고 관모가 김 일병을 앞세우고 산을 내려간다. 말끝에서 나는 '이 참새가슴아'라고 말하고 싶어하는 관모의 소리를 들은 듯싶었다. 뜻밖의 기동으로 침착하게 발길을 내려 걷고 있는 김 일병은 단 한 번 길을 내려가면서 〈나〉를 돌아본다. 그러나 그 눈에는 아무것도 찾아볼 수가 없다. 둘은 눈길에 검은 발자국을 내며 골짜기로 내려갔다. 그리고 그들이 골짜기의 잣나무 숲으로 아물아물 숨어 들어가 버릴 때까지 〈나〉는 거기에 못 박힌 듯 붙어 서 있기만 했다. 어느덧 눈은 그치고 눈 위를 스쳐 온 바람이 관목 사이로 기분 나쁜 소리를 내며 빠져나갔다. 드문드문 뚫린 구름장 사이로는 바쁜 별들이 서쪽으로 서쪽으로 흐르고 있었다. 조금 뒤에 골짜기에서는 한 발의 총소리가 적막을 깼다. 그 소리는 골짜기를 한 바퀴 돌고 난 다음 남쪽 산등성이로 긴 꼬리를 끌며 사라져갔다. 〈나〉는 비로소 잠에서 깨어난 듯 깜짝 놀란다.

〈그 총소리는 나의 가슴속 깊이 어느 구석엔가 숨어서 그 전쟁터의 수많은 총소리에도 지워지지 않고 남아 있었던 선명한 기억 속의 것이었다. 어린 시절, 노루 사냥을 갔을 때에 설원에 메아리치던 그 비정과 살의를 담은 싸

impact brought me to my senses. I then realized that the bloody tracks on the snow were the footsteps of Kwan-mo and Private Kim. The pain in my forehead caused me to stop and rest. I spun around and saw a thorn bush the size of a man. It seemed to be holding its stomach and laughing. I found myself in a large pine grove. When I touched my forehead, my hand came away sticky and black. I decided to continue on when a sharp voice startled me: "Where are you going?" I turned quickly. Kwan-mo was standing downslope, on the trail where the footsteps had disappeared, aiming his rifle at me. His white teeth shone in the darkness, as though he were smiling. When I stood still, he lowered the rifle and took a step towards me.

"A sparrow-heart like yourself is better off not seeing this. Didn't I tell you to pretend as if nothing's going on?" Kwan-mo spoke in a low, caressing voice.

But tonight, I've got to find that deer, the one that has fallen down spitting blood, I thought. I turned around slowly, ignoring Kwan-mo's orders.

His voice followed me. "Don't go!" he said, strangely calm. The sound of his carbine loading a

늘한 음향이었다.〉

그러자 〈나〉의 눈앞에는 그 설원의 끝없이 번져 가는 핏자국이 떠올랐다. 그때 또 한 발의 총소리가 메아리쳐 올랐다. 〈나〉는 몸을 부르르 떨고 나서 동굴 구석에 남은 한 자루의 총을 걸어 메고 그 〈핏자국〉을 다라 산을 내려갔다. 〈오늘은 그 노루를 보고 말겠다. 피를 토하고 쓰러진 노루를〉, 〈날더러는 구경만 하라고? 그렇지. 잔치는 언제나 너희들뿐이었지〉 이런 말들이 〈내〉가 그 〈핏자국〉을 따라가는 동안에 수없이 되풀이되고 있었다.

〈그 핏자국은 끝날 것 같지 않았다. 끝없이 눈 위로 계속되었다. 나는 뛰었다. 그 핏자국은 관모들이 눈을 헤치고 간 발자국이었다는 것을 안 것은 내가 가시나무에 이마를 할퀴고 정신을 다시 차렸을 때였다. 이마에 섬뜩한 촉감을 느끼고 발을 멈추어 섰을 때 나의 뒤에서는 가시나무가 배를 움켜쥐며 웃고 있는 것처럼 커다란 키를 흔들고 있었다. 나는 잣나무 숲속으로 들어서 있었다. 이마에 손을 대어 보니 미끄럽고 검은 것이 묻어났다. 손가락을 뿌리고 다시 발자국을 따라 몸을 움직이려고 했을 때였다.

"어딜 가는 거야."

송곳 같은 소리가 귀에 와 들어박혔다. 나는 흠칫 놀라

shell into its chamber sounded in my brain. My head was aching. I was conscious of a black muzzle pointing at me from behind, like a serpent's eye.

I'm giving him my back again—my back, I thought.

"There is no hope of our artillery units returning. When we run out of food, we have to leave and try to find our lines. I still need you, and you need me just as badly," said Kwan-mo. He paused. "Turn around."

Right, I have to turn around. I can't keep my back exposed like this, I thought.

I turned around. Kwan-mo looked relieved; he lowered his rifle, which he had been aiming at my back and started toward me again. He looked as though he were about to put his hand on my shoulder. At that moment, my rifle went off and I threw myself flat on the ground. Kwan-mo fell, too, and almost simultaneously more shots rang out, breaking the silence in the valley. It all seemed to happen in a flash.

After the sound of the gun shot diminished, a heavy silence once again surrounded the valley. I raised my head slightly and looked towards Kwan-

발을 멈추고 주위를 둘러보았다. 발자국이 사라진 쪽과는 반대편 언덕 아래서 관모가 총을 내 쪽으로 받쳐 들고 서 있었다. 어둠 속에 허연 이를 드러내 놓고 있었다. 웃고 있는 것 같았다. 내가 발을 멈추자 그는 총을 내리고 나에게로 다가왔다.

"너 같은 참새가슴은 보지 않는 게 좋아. 모른 체하고 있으래지 않았나."

관모는 쓰다듬어 줄 듯이 목소리가 낮아졌다.

—하지만 나는 오늘 밤, 노루를 보고 말겠다. 피를 토하고 쓰러진 노루를.

나는 관모를 무시하고 천천히 몸을 돌렸다.

"가지 마라!"

이상하게 가라앉은 목소리가 나를 쫓아왔다. 노리쇠가 한 번 후퇴했다 전진하는 금속성이 뒤로부터 나의 뇌수를 쪼았다. 뇌수가 아팠다. 나는 등 뒤로 독사 눈깔처럼 까맣게 나를 노리고 있을 총구를 의식했다.

—또 뒤를 주고 섰구나, 뒤를.

"포성이 다시 올 희망은 없다. 먹을 게 없어지면 우리가 찾아가야 한다. 난 아직 네가 필요하다. 그것은 너도 마찬가지다."

mo. He was darkly sprawled on the snow, motionless. I tried to move as I lay prostrate. I wasn't hurt. I determined that in the confusion, Kwan-mo's shots had been off target and that I hadn't been hit.

I looked at Kwan-mo again. I saw a pool of black liquid spreading over his chest. While my gaze fixed on the blood, I slowly raised myself. I cautiously walked toward him, my rifle ready. The blood that flowed out of his chest quickly spread over the snow. The same blood flowed toward my boots. The tall trees loomed over us, and an eerie silence suppressed the valley. A strange loneliness seeped into my bones. Suddenly, Kwan-mo's body stirred. He moved a little at a time, with the motion of a sand castle crumbling. I began to be afraid. The blood had spread over the snow now and was touching my boots. I watched him fearfully for what seemed like a long time. A salty liquid streamed into my mouth from the cut on my forehead.

Kwan-mo stirred more and more. I thought he might sit up at any moment. The salty liquid kept flowing into my mouth. Slowly I raised my rifle and aimed at him.

"……."

"돌아서라."

—그렇지, 돌아서야지. 이렇게 뒤를 주고서야 어디.

나는 돌아섰다.

관모는 그제야 안심한 듯 내게 향했던 총을 내리고 나에게로 걸어왔다. 어깨라도 짚어 줄 것 같은 태도였다. 그 순간. 나의 총이 다급한 금속성을 퉁기고 몸은 납작 땅바닥 위로 엎드렸다. 관모의 몸도 따라 땅 위로 낮아지고 거의 동시에 두 발의 총소리가 또 한 번 골짜기의 정적을 깼다. 모든 것은 거의 한순간에 일어난 일이었다.

총소리가 사라지자 골짜기에는 다시 무거운 고요가 차올랐다. 나는 머리를 조금 들고 관모 쪽을 응시했다. 흰 눈 위에 관모는 검게 늘어진 채 미동도 없었다. 나는 엎드린 채 몸을 움직여 보았다. 이상한 데가 없었다. 당황한 관모의 총알은 조준이 되지 않았을 것이었다.

다시 관모 쪽을 살폈다. 가슴께서부터 눈 위로 검은 반점이 스멀스멀 번져 나오고 있었다. 나는 거기에서 눈을 떼지 않은 채 상체부터 조금씩 몸을 일으켰다. 그리고는 총을 비껴 쥐고 조심조심 관모 쪽으로 다가갔다. 가슴께에서 쏟아진 피가 빠른 속도로 눈을 물들이고 있었다. 금

Bang!

The noise of that shot rebounded across the valley, as if trying to chase away the silence before it vanished over the ridge. A profound longing clutched at my heart, riding on the echo of the shot. Before my eyes, a shadowlike face appeared, as though shimmering on the surface of water. The face seemed to be smiling. I felt that, if only the face were to become a little more distinct, I would recognize it. It was a face I'd been yearning for, like a face I had known even before I was in my mother's womb, a familiar face I had known forever. If I could only remember. It was frustrating. But the face shimmered faintly, like a shadow, and then gradually disappeared. I closed my eyes. And I pulled the trigger again and again. The shots echoed through the valley. The salty liquid kept flowing into my mouth. When my ammunition was gone, the sound of the shots stopped.

I saw a smiling, blood-covered face. It was mine.

Having finished the novel, standing up, I remembered the food on the table that had cooled off and my sister-in-law, who had been waiting. I took a shower and went to the dinner table but sat

세 나의 발을 핥고 들 기세였다. 나무들은 높고 산골은 소름 끼치는 고요가 짓누르고 있었다. 이상스런 외로움이 뼛속으로 배어들었다. 그때 갑자기 관모가 몸을 꿈틀했다. 그리고는 계속해서 조금씩 꿈틀거렸다. 그것은 모래성에서 모래가 조금씩 흘러내리는 것처럼 작고 신경에 닿아 오는 것이었다. 나는 겁이 나기 시작했다. 어느새 핏자국이 눈을 타고 나의 발등을 덮었다. 나는 한참 동안 두려운 눈으로 관모의 움직임을 지켜보고 있었다. 입으로 짠 것이 흘러들었다. 손으로 이마를 짚었다. 생채기에서 볼로 미끈한 것이 흐르고 있었다.

관모의 움직임은 더 커 가는 것 같았다. 금방 팔을 짚고 일어나 앉을 것 같은 생각이 들었다. 짠 것이 계속해서 입으로 흘러들어 왔다. 나는 천천히 총대를 받쳐 들고 관모를 겨누었다.

탕!

총소리는 산골의 고요를 멀리까지 쫓아 버리듯 골짜기를 샅샅이 훑고 나서 등성이 너머로 사라졌다. 그 소리의 여운을 타고 웬 그리움 같은 것이 가슴으로 젖어 들었다. 문득 수면에 어리는 그림자처럼 희미한 얼굴이 떠올랐다. 그것은 웃고 있는 것 같았다. 그리고 좀 더 확실해지기만

without looking at her. My conjecture about my brother had been completely wrong. But that didn't matter. My brother had completed the novel in haste; nevertheless, I could see that the face he had talked about had been firmly and indelibly outlined. That was the reason he had torn up my painting earlier this afternoon. I could also understand his decision to resume working tomorrow, and the mystery behind his successful four-hundred-kilometer escape after killing a fellow soldier.

After finishing dinner, I went outside to sit and smoke a cigarette.

"He finished the novel, didn't he?" my sister-in-law asked, sitting down next to me.

"Yes. Have you read it?"

"No, I don't think it's that interesting." Women's intuition is uncanny. Like an extremely sensitive insect, they can sense things with their skin. "It's strange. I don't understand your brother."

I knew what she meant. "It's ok not to understand," I said.

"You're unknowable, too—like him."

"There's something you don't understand about me?" I asked.

"You've stopped drinking recently. Are you trying

하면 나는 그 얼굴을 알아볼 수도 있을 것 같았다. 오래전부터 나와 익숙했던, 어쩌면 어머니의 뱃속에도 있기 이전부터 이미 알고 있었던 것 같은 그리운 얼굴이었다. 그러나 생각이 나지 않았다. 안타까웠다. 생각이 나기 전에 그 수면 위의 그림자처럼 희미하던 얼굴은 점점 사라져갔다. 나는 눈을 감았다. 그리고 계속해서 방아쇠를 당겼다. 총소리가 다시 산골을 메웠다. 짠 것이 입으로 자꾸만 흘러 들어왔다.

탄환이 다하고 총소리가 멎었다.

피투성이의 얼굴이 웃고 있었다. 그것은 나의 얼굴이었다.〉

선 채로 소설을 다 읽고 나서 나는 비로소 싸늘하게 식은 저녁상과 싸늘하게 기다리고 있는 아주머니를 의식했다.

몸을 씻은 다음 상 앞에 앉아서도 나는 아직 아주머니에게 눈을 주지 않고 있었다. 나의 추리는 완전히 빗나갔다. 그러나 그런 건 괘념할 필요가 없었다. 소설의 마지막에서 형은 퍽 서두른 흔적이 보였지만 결코 지워지지 않는 연필로 그린 듯한 강한 선으로 〈얼굴〉을 이야기하고 있었다. 형이 낮에 나의 그림을 찢은 이유가 거기 있었다. 내일부터 병원 일을 시작하겠다던 말을 알 수 있을 것 같

to take revenge on that woman?"

My sister-in-law disliked complicated stories. Whenever the story became difficult to follow, she would always make me backtrack a great deal.

"She got married today."

Shortly after eleven o'clock, the gate opened and I heard my brother coming in. I was staring at the ceiling, listening and following his every move. He was apparently dead drunk. Ignoring his wife's questions, he went into his room, huffing and puffing like an angry beast. A little later I heard him come out of his room. And he vigorously tore up some papers. I heard him strike a match, then it was quiet. He seemed to be humming a song, and then he murmured something to himself. His wife must have been standing next to him, watching. She never helped him when he was drunk—not that my brother expected her to, any way.

A red flame was reflected in the window.

What is he burning? I wondered.

I heard tearing of papers. I jumped to my feet and went outside. My sister-in-law looked at me, expressionless. My brother was sitting on the front step, tearing up his manuscript page by page and throwing it into the fire he'd built. After a time, he

았다. 그리고 동료를 죽였기 때문에 천 리 길의 탈출에 성공할 수 있었다던 수수께끼의 해답도 거기 있었다.

나는 상을 물리고 나서 담배를 피워 물고 마루로 걸터앉았다.

"형님은 소설 다 끝맺어 놨지요?"

아주머니가 곁에 와 앉았다.

"네, 읽어 보셨어요?"

"아니요, 그저 그런 것 같아서요."

여자들의 직감은 타고난 것이었다. 지극히 촉각에 예민한 곤충처럼 모든 것을 피부로 느끼고 알아냈다.

"이상한 일이군요. 알 수가 없어요…… 형님은."

나는 아주머니의 말을 알 수 있었다.

"모르시는 대로 괜찮을 거예요."

"도련님도 마찬가지예요."

"제게도 모르실 데가 있나요?"

"요즘, 통 술을 잡수시지 않는 것, 그 아가씨에 대한 복수예요?"

아주머니는 복잡한 이야기를 싫어했다. 이야기를 따라가기가 힘들어지면 언제나 나의 꼬리를 끌어 잡아당겨 뒷걸음질을 시켜서 맥을 못 추게 해 오곤 했다.

turned his head and looked at me with a sneer, then went back to burning the manuscript.

"You stupid fool," he muttered. At first I wasn't sure if he was speaking to me. His voice sounded too exhausted to be directed at anyone other than himself. But no doubt it was aimed at me. Then he looked straight into my eyes.

"Did that charming girl really not like you?"

I almost said, "She called you a Korean War casualty." But since I knew there was something more he wanted to say, I merely nodded.

"You idiot," he said, speaking forcefully this time and looking at me as he continued to tear up his manuscript and toss it into the fire. "And you wanted to draw the face of the girl who left you, huh?"

I decided to put up with him a little longer. My sister-in-law glanced back and forth between us with no expression on her face.

"Everything is useless...a misunderstanding," he muttered. I thought it would be pointless to ask him to explain why he was burning the manuscript. Instead, I turned to go back to my room.

"Stay!" he yelled, starting to get up. "You are pathetic, killing Private Kim. So, you've been

"그 아가씬 오늘 결혼해 버렸어요."

열한 시가 조금 지났을 때에 대문이 열리고 형이 들어오는 소리가 났다. 나는 천장을 쳐다보고 누워서 형의 거동 하나하나를 귀로 좇고 있었다. 형은 몹시 취한 모양이었다. 화난 짐승처럼 숨을 식식거리며 아주머니의 말에는 대꾸도 하지 않고 방으로 들어갔다. 조금 뒤에 형은 다시 문을 열고 나왔다. 그리고는 무슨 종이를 북북 찢어댔다. 성냥을 그어 거기 붙이는 소리가 나고는 잠시 조용해졌다. 다시 노래 같은 소리를 내다가는 뭐라고 중얼중얼 혼잣말을 하기도 했다. 아주머니가 곁에 서서 형을 내려다보고 있을 것이었다. 형 쪽에서 바라지도 않았지만 아주머니는 술 취한 형을 도와준 일이 없었다.

붉은 화광이 창문에 비쳤다.

—무엇을 태우고 있을까.

종이 찢는 소리가 이따금씩 들렸다. 나는 벌떡 일어나 문을 열고 밖으로 나갔다. 아주머니가 먼저 나를 보았다. 아무 표정도 없었다. 형은 댓돌을 타고 앉아서 그 원고 뭉치를 한 장 한 장 뜯어내어 불에다 던져 넣고 있었다. 한참 만에야 형은 천천히 고개를 돌려 나를 쳐다보았다. 그 얼굴이 비죽비죽 웃고 있었다. 형은 다시 불붙고 있는 원

reading everything from the beginning?...Poor Private Kim...It's only natural that she didn't like you."

Though his thoughts were all jumbled up, it was clear to me what he was trying to say. I stared back at him, but then looked down, unable to bear his eyes. He continued to tear up the manuscript and threw the pages into the fire, all the time staring at me.

"You are a stupid fool! Understand?!" he yelled again. Then he nodded a few times, as if affirming that what he had said was exactly right. "By the way," he said, dropping the remainder of the manuscript and grabbing me by the ear. As he pulled me close to him, the smell of alcohol on his breath burned my nose and eyes. He placed his lips close to my ear, whispering so his wife wouldn't hear. "You haven't asked me why I'm burning the novel." His tone was so intense that I tried to look up, but he held on to me. "By the way, since you've read it, you know that man I killed—Kwan-mo? Well, I met him tonight." Pausing, he slowly examined my face. His eyes looked as if they were soaked in alcohol, but that wasn't the only reason his mind was far away. He said in a loud voice, as if

고지 쪽으로 얼굴을 돌려 버렸다.

"병신 새끼!"

형은 나에겐지, 형 아닌 다른 사람에게라기에는 너무나 탈진한 목소리로 중얼거렸다. 그러나 그것은 나에게 한 말이었다. 다음 순간 형은 다시 나를 똑바로 쳐다보았다.

"너의 그 귀여운 아가씨는 정말 널 싫어했니?"

—형님은 6·25 전상자랍니다.

하려다 나는 아직도 형이 하고 싶은 말이 있으리라 생각하고 순순히 머리를 끄덕였다.

"병신 새끼……."

이번에는 형이 손으로는 연신 원고지를 찢어 불에 넣으면서도 눈길만은 내 쪽을 향해 분명하게 말했다.

"그래 도망간 아가씨의 얼굴을 그리고 싶어졌군!"

나는 아직도 더 참을 수 있다고 생각했다. 아주머니는 여전히 형과 나의 얼굴을 무표정하게 번갈아 보고만 있었다.

"다 소용없는 짓이야…… 오해였어."

형은 다시 중얼거리는 투였다. 나는, 지금 형에게 원고를 불태우는 이유를 이야기시키려는 것은 소용없는 일일 것 같았다. 방으로 들어가려고 했다.

"거기 있어!"

he felt relieved, "So, this turns out to be useless, you idiotic bastard!" he said, in a loud voice as if he now felt relieved.

He shoved me away. Then he picked up the manuscript again and threw it into the dying fire.

"But it was strange...the bastard couldn't recognize me. And he didn't seem to be pretending, either." My brother continued to look into the fire. "Since I had killed him off for good, I was thinking of starting work tomorrow. Then, as I got up from my seat to leave the bar...that's right, I only had a few more steps to go...someone tapped me on the back and said, 'Hey, you're alive!'"

At times I couldn't tell if my brother was aware of my presence or if he was just mumbling to himself.

"I turned around, startled. Well, it was that bastard—Kwan-mo. He pretended nothing ever happened. He said he was sorry...backing up, all scared. Maybe over the years he had grown afraid of me. Of course he's afraid of me! In any case, I walked away, and as soon as I got out the door, I ran. What good is this"—he threw the rest of the manuscript into the fire and shot a glance at me?" if that bastard is still alive?

"You sparrow-heart, what are you listening to? Get

형이 벌떡 몸을 일으키는 체하며 호령을 했다.

"기껏해야 김 일병이나 죽인 주제에…… 임마, 넌 이걸 모두 읽고 있었지…… 불쌍한 김 일병을…… 그 아가씨가 널 싫어한 건 너무 당연했어."

순서는 뒤범벅이었지만 무엇을 이야기하려는 것인지는 분명했다. 나는 형을 쏘아보았으나, 그때 형도 나를 마주 쏘아보았기 때문에 시선을 흘리고 말았다. 형은 눈으로 나를 쏘아본 채 손으로는 계속 원고를 뜯어 불에 넣고 있었다.

"인마, 넌 머저리 병신이다. 알았어?"

형이 또 소리를 꽥 질렀다. 그리고 그것은 지극히 당연한 말이었다는 듯이 머리를 두어 번 끄덕이고 나서는,

"그런데 말이야……."

갑자기 장난스럽게 손짓을 했다. 형은 손에서 원고 뭉치를 떨어뜨리고 나의 귀를 잡아끌었다. 술 냄새가 호흡을 타고 내장까지 스며드는 것 같았다. 형은 아주머니까지도 들어서는 안 될 이야기나 된 것처럼 귀에다 입을 대고 가만히 속삭여 왔다.

"넌 내가 소설을 불태우는 이유를 묻지 않는군……."

너무나 정색을 한 목소리여서 형의 얼굴을 보려고 했으나 형의 손이 귀를 놓아 주지 않았다.

back into your cave!" he screamed so loudly that I fled back to my room.

I felt as if I was being skinned alive. I think it was my brother's pain. He had been living with that pain, enduring it. And he knew where the pain was coming from. That's why he was able to endure it. The pain enabled him to stay alive, caused him to stand his ground. But now my brother's mind was shattering into pieces, colliding with something dark and heavy.

Even so, my brother will soon start working again, I thought. He had the strength and courage to accept himself honestly. Whether or not Kwan-mo's appearance had been a hallucination, my brother at last had the power to destroy the painful mental fixation. Above all else, he knew the location of his pain. Although the painful castle of abstraction that had sustained him had now collapsed, that knowledge would give him strength to wield his scalpel again. It could also become an incredible source of creativity. But...

I tried hard to collect my thoughts as I lay down on my bed. Where did my pain come from? As Hye-in had said, my brother was a war casualty, but I had a wound without a source. Where is my

"그런데 너도 읽었겠지만, 거 내가 죽인 관모 놈 있지 않아. 오늘 밤 나 그놈을 만났단 말야."

그러고는 잠시 말을 끊고 나를 찬찬히 살펴보고 있었다. 그 눈은 술에 젖어 있었으나, 생각이 멀리 있는 것처럼 보이는 것은 결코 술 때문만이 아닌 것 같았다. 그러자 형은 이제 안심이라는 듯 큰 소리로,

"그래 이건 쓸데없는 게 되어 버렸지…… 이 머저리 새끼야!"

하고는 나의 귀를 쭉 밀어 버렸다.

다시 원고지를 집어 사그라지는 불집에 집어넣었다.

"한데 이상하거든…… 새끼가 날 잘 알아보질 못한단 말이야…… 일부러 그런 것 같지도 않았는데……?"

불을 보면서 형은 계속 중얼거렸다.

"내가 이제 놈을 아주 죽여 없앴으니 내일부턴…… 일을 하리라고 생각하고 자리를 일어서서 홀을 나오려는데…… 그렇지, 바로 문에서 두 걸음쯤 남았을 때였어. 여어, 너 살아 있었구나 하고 누가 등을 탁 치지 않나 말야."

형은 나를 의식하고 이야기하는 것 같기도 하고 혼자 중얼거리는 것 같기도 했다.

"놀라 돌아보니 아 그게 관모 놈이 아니냔 말야. 한데

wound? Hye-in had said that there ought to be no pain where there was no cause for pain. If so, was I just making a fuss over nothing?

My work, my canvas, lay in pieces like a broken mirror. I might have to lose even more before I could start over again. Perhaps I would never be able to find a face. Unlike the one behind my brother's pain, there was no face in mine.

Translated by Jennifer M. Lee

놈이 그래 놓고는 또 영 시치밀 떼지 않아. 이거 미안하게 됐다구…… 두려워서 비실비실 물러나면서…… 내가 그 사이 무서워진 걸까…… 하긴 놈은 내가 무섭기도 하겠지. 어쨌든 나는 유유히 문까지는 걸어 나왔어. 그러나…… 문을 나서서는 도망을 쳤지…… 놈이 살아 있는데 이런 게 이제 무슨 소용이냔 말야."

형은 나머지 원고 뭉치를 마저 불집에 집어넣고 나서 힐끗 나를 보았다.

"이 참새가슴 같은 것, 뭘 듣고 있어. 썩 네 굴로 꺼져!"

소리를 꽥 지르는 통에 나는 방으로 쫓겨 들어오고 말았다.

비로소 몸 전체가 까지는 듯한 아픔이 전해 왔다. 그것은 아마 형의 아픔이었을 것이다. 형은 그 아픔 속에서 이를 물고 살아왔다. 그는 그 아픔이 오는 곳을 알고 있는 것이다. 그리하여 그것은 견딜 수 있었고, 그것을 견디는 힘은 오히려 형을 살아 있게 했고 자기를 주장할 수 있게 했다. 그러던 형의 내부는 검고 무거운 것에 부딪혀 지금 산산조각이 나고 있었다.

그렇다고 해도 이제 형은 곧 일을 시작하게 될 것이다. 형은 자기를 솔직하게 시인할 용기를 가지고, 마지막에는 관모의 출현이 착각이든 아니든, 사실로서 오는 것에 보다 순종하여, 관념을 파괴해 버릴 수 있는 힘이 있었다. 무엇보다도 형은 그 아픈 곳을 알고 있었으니까. 어쨌든 형은 지금까지 지켜 온 그 아픈 관념의 성은 무너지고 말았지만, 그만한 용기는 계속해서 형에게 메스를 휘두르게 할 것이다. 그것은 무서운 창조력일 수도 있었다.

그러나—

나는 멍하니 드러누워 생각을 모으려고 애를 썼다.

나의 아픔은 어디서 온 것인가. 혜인의 말처럼 형은 6·25의 전상자이지만, 아픔만이 있고 그 아픔이 오는 곳이 없는 나의 환부는 어디인가. 혜인은 아픔이 오는 곳이 없으면 아픔도 없어야 할 것처럼 말했지만, 그렇다면 지금 나는 엄살을 부리고 있다는 것인가.

나의 일은, 그 나의 화폭은 깨어진 거울처럼 산산조각이 나 있었다. 그것을 다시 시작하기 위하여 나는 지금까지보다 더 많은 시간을 망설이며 허비해야 할는지 모른다.

어쩌면 그것은 나의 힘으로는 영영 찾아내지 못하고 말 얼굴일지도 몰랐다. 나의 아픔 가운데에는 형에게서처럼 명료한 얼굴이 없었다.

『병신과 머저리』, 문학과지성사, 2010(1966)

해설
Afterword

전쟁의 상흔과 실존의 윤리

장성규 (문학평론가)

이청준의 「병신과 머저리」는 1966년 발표되었다. 이 작품은 발표 당시 한국 문단에 큰 반향을 일으켰으며, 그 결과 제12회 동인문학상을 수상하기도 했다. 이러한 성과의 배경에는 이 작품이 당시 한국 사회의 문제와 개인의 실존 간의 갈등에 대한 날카로운 지적 성찰을 보여 주고 있다는 사실이 놓여 있다.

1960년대 당시 한국 사회는 아직까지 한국전쟁의 상흔으로부터 자유롭지 못했다. 남북 사이에 삼 년간 진행된 한국전쟁은 남북한 모두에게 큰 상처를 남겼다. 특히 전쟁이라는 극한 상황에서 해방 이후 공동의 가치로 설정되었던 통일된 민족 국가의 건설이라는 기획은 허상으로 무

War Trauma and Ethics of Existence

Jang Sung-kyu (literary critic)

Published in 1966, Yi Cheong-jun's "The Wounded" was well received critically at the time, being recognized with the 12th Dongin Literature Award. The story well deserved this kind of recognition with its intellectually mature reflection on the stressful relationship between the existential problems individuals faced and the social problems then faced by Korean society.

Korean society in the 1960's was still suffering intensely from the trauma of the Korean War. The brutal war between South and North Korea, which lasted for three years, caused immense trauma to both South and North. In particular, the project of

산되었으며, 인간 이성에 기반을 둔 제반 가치들은 당장의 생존 앞에서 무력하게 붕괴되었다. 이러한 시대적 상황은 1960년 4·19혁명을 통해 일정 부분 극복될 가능성을 보이기도 하였으나, 바로 일 년 후 1961년 5·16 군사쿠데타를 통해 그 가능성 역시 좌절되고 말았다.

이러한 한국 사회의 문제는 단지 사회적인 층위에서만 작동한 것은 아니다. 한국전쟁에 직간접적으로 참여했던 이들에게 전쟁의 상흔은 실존적인 차원에서 그들의 삶을 가로막는 장애물로 기능했으며, 이러한 상황은 곧 개인에게 삶의 의미 자체에 대한 회의로 다가오기도 했다.

이청준의 「병신과 머저리」는 이와 같은 시대 상황을 구체적인 개인의 삶을 통해 생생하게 증언하고 있다. 이 작품은 크게 두 개의 이야기로 구성되어 있다. 하나는 현재 시점에서 진행되는 형과 아우의 이야기이며, 다른 하나는 한국전쟁을 배경으로 하는 형이 쓰는 소설에 대한 이야기이다. 형은 한국전쟁 당시 부대에서 낙오되어 죽음의 위기를 맞이하지만, 동료를 죽임으로써 자신의 목숨을 부지할 수 있었다. 이러한 과거는 현재까지 형에게 강한 상흔으로 남아 있다. 형의 소설 쓰기는 자신의 과거를 직시함으로써 현재 자신의 삶을 복원시키기 위한 의식적인 노력

establishing a unified nation state, a goal shared by both Koreas after Korea's liberation from Japan in 1945, went up in smoke due to the extreme circumstances of the war. At the same time, all personal and social values based on human reason collapsed in the face of imminent threats to survival. Although there seemed to be signs of change in this situation after the 4.19 Student Revolution in 1960, hopes were immediately dashed by the 5.16 Military Coup in 1961.

This social and political situation was not simply a social and political problem. To people directly and indirectly touched by the war, the resulting trauma became an existential stumbling block on their way to recovery. People could not but doubt the meaning of their lives.

Yi's "The Wounded" offers stunning testimony to this condition by concretely depicting the personal lives of individuals suffering from the traumas of war. The story has two major plotlines. One is the story of two brothers in the present, and the other concerns the novel the elder brother is writing about the Korean War. The elder brother fell behind his military unit and survived a life-and-death crisis by killing a fellow soldier, a past that haunts him as

으로 볼 수 있다.

반면 아우인 나는 자신의 애인이었던 여인이 다른 이와 결혼하게 되었음에도 불구하고 이렇다 할 행동을 보이지 못하는 무기력한 존재이다. 나는 자신의 무기력함의 원인조차 알지 못하며 이를 정면에서 해결하고자 하는 의지조차 가지고 있지 못하다. 이로 인해 나는 형으로부터 '병신'이자 '머저리'라는 말을 듣게 된다. 형은 자신의 삶을 옥죄이고 있는 전쟁의 기억을 직시함으로써 이로부터 벗어날 수 있는 계기를 마련하려는 강한 의지를 보이지만, 나는 형과는 달리 자신의 무기력함의 존재를 인식하려는 노력조차 보이지 못한다. 나의 애인이 다른 이와 결혼하게 되는 근본적인 원인 역시 자신의 '환부'조차 알지 못하는 나의 무기력함에 있다. 결국 나의 애인은 다른 이와 결혼하며, 형은 이러한 상황을 방관한 채 그녀의 얼굴을 그리려고 할 뿐인 나야말로 삶에 대한 의지를 상실한 '병신'과 '머저리'라고 말한다.

이 작품은 당시 한국 사회와 개인의 실존에 대한 이청준 특유의 지적인 성찰이 돋보이는 작품이다. 이청준은 이 작품을 통해 한국전쟁으로 대표되는 사회적 문제와 개인의 실존간의 갈등을 생생하게 형상화하고 있다. 나아가

a trauma. His act of writing a novel can be seen as a conscious effort to restore normalcy to his life.

The narrator of the story is the younger brother, a man who feels so totally helpless that he does not know what to do when his lover decides to marry someone else. He neither understands why he feels so helpless nor has the will to face and tackle this helplessness. Because of this, his brother calls him a fool and idiot. Whereas the elder brother has the will to confront his memories of the war that affect his present life and to try to free himself from them, the younger brother does not even make the effort to understand that he is helpless. In fact, the narrator's lover decides to marry another man precisely because of this helplessness, epitomized by the younger brother's ignorance of his own illness. At the end of the story, she marries another man, and the elder brother calls the younger brother a fool and idiot because he simply stands by while this is happening and ineffectually tries to draw his lover's face on a piece of paper.

This outstanding short story is characteristic of Yi Cheong-jun's style in its intelligent and insightful rendering of Korean society through a depiction of the existential crises faced by individuals. Yi vividly

그는 형의 소설 쓰기 과정을 통해 소설의 본질에 대한 작가 의식을 보여 주고 있다. 그에게 소설은 곧 개인의 실존과 윤리를 모색하기 위한 기획의 일환이었다. 그러나 그는 이 과정의 어려움을 간과하지 않는다. 주인공인 내가 결국 그녀의 얼굴을 그리지 못한다는 것, 그리고 형 역시 자신이 죽였던 것으로 알고 있던 관모를 만나 도피하는 것이 이를 방증한다.

결국 이청준의 「병신과 머저리」는 자신의 실존을 위해 과거의 상흔을 직시하려 하지만 결국 관모의 등장 앞에 도피하고 마는 형과 자신의 환부조차 알지 못한 채 무기력함에 빠져 있는 나의 모습을 통해 당시 한국 사회의 문제 속에서 개인이 지향해야 할 실존적 가치 탐색의 지난함을 형상화한 작품으로 볼 수 있을 것이다.

portrays the tense relationship between social problems, epitomized by the Korean War, and personal existential crises. Also, the fact that the elder brother is writing a novel shows Yi's understanding of an essential aspect of that endeavor. For Yi, a novel is part of an individual's exploration of his existence and moral values. Yi does not overlook the difficulties inherent in this process. In the end, the narrator, the main character, fails in trying to draw his lover's face. And his elder brother runs into Gwan-mo, whom he thought he had killed, and runs away.

In short, Yi's "The Wounded" successfully presents the difficulties confronting individuals in their pursuit of existential significance given the social problems afflicting Korea at the time. It does so by depicting an elder brother who ultimately fails in resolving his problem despite trying to do so, and a younger brother who lapses into a state of helplessness without even knowing how to identify his own problem.

비평의 목소리
Critical Acclaim

이청준의 작중인물들은 이질적인 가치관이 공존하는 현실에서 그 어느 한 편의 질서 체제를 옹호하거나 선택하지 못하고 언제나 모순된 방황 속에 분열을 일으킨다. 그것은 바로 현실에서의 작가의 위상이며 작가의 창조 행위는 그러한 방황과 혼돈 속에서 질서를 지향하는 끈질긴 의지를 바탕으로 한 것이다. 그러므로 이청준의 소설은 자아의 진실이 실현되지 않는 사회에서 갇혀 있는 인간의 정신적 모험이다. 그것은 일상적 현실과 상투적인 관계를 맺지 않으려는 고행이기도 하다. 그 고행은 소설 속에서 완결되지 않고 있다. 진정한 삶이 그렇듯이 그의 소설은 완성되고 닫힌 작품이 아닌 것이다. 그러므로 그의 소설

Yi Cheong-jun's characters are always suffering from the kind of reality in which different values clash. They do not feel that they can defend or choose any one order or system over another. They feel divided and lost between contradictory values. This is reflective of the author's position concerning his own reality. His creative activities are products of his persistent efforts to find order in this chaotic world. Thus, Yi's novels are expressions of the intellectual adventure of a person locked up in a society in which he cannot fulfill the real possibilities latent within him. They are also acts of penance by someone who refuses to accept a conventional

은 '어떻게 사는가?'에 대한 해답이 아니라 물음이다. 그 물음 속에 해답이 암시되어 있을지도 모른다. 보다 정확히 말한다면, 그 해답은 독자의 현실 속에서 쟁취해야 하는 것이다.

오생근

진실의 언어화가 힘 앞에서 실패하고 좌절할 수밖에 없다는 사실을 이청준은 그의 주인공들의 상처를 통해서 너무나 잘 알고 있지만, 그리고 그렇게 언어화한 것이 현실적으로 무슨 효용을 지니고 있는지 알 수 없는 세계에 살고 있지만, 그는 바로 우리 자신이 할 수 있는 일이 그것임을 이야기하고 있다. 그것은 작가가 선택한 것이 말이며 진실일 뿐 폭력이 아니기 때문이다. 그리고 작가가 꿈꾸는 사회는 힘이 아니라 '말'이 지배하는 사회이기 때문이다. 그는 갈등을 느끼게 하는 사회에서 어떻게 사는 것이 가장 사람답게 사는가, 끊임없이 질문을 하며 '말'을 통해서만 그 질문이 가능하고 또 극복이 가능해야 한다고 생각하는 작가인 것이다.

김치수

relationship to everyday life, a penance that remains incomplete. As in real life, his character's lives are unfinished and open-ended. Thus, Yi's novels are not the answer to the question "How to live?" but the question itself. The answer might be buried in the question. More accurately speaking, his readers must find the answer in their own reality.

Oh Saeng-keun

Yi Cheong-jun and his characters know very well, through their own traumas, that a linguistic expression of truth will inevitably be frustrated and fail in the face of violence. They also live in a world in which they cannot really know what influence the linguistic expression of truth can have on their reality. Yet, Yi tells us that expressing the truth in language is exactly what we should and can do. An author does not choose violence, but language and truth. Yi is an author who persists in asking what is the most human way to live in a society full of conflict, and who believes that it is only through language that we can ask and answer that question.

Kim Chi-su

For Yi Cheong-jun, the responsibility of an author

이청준에 있어 작가의 책임, 다시 말해 '왜 쓰느냐'는 정치적 사회적인 것이라 할 것이다. 말을 바꾸면 어느 시대 어느 지역의 작가를 막론하고 그가 만약 진정한 작가라면, 자기 시대를 위기의 시대로 받아들이고 그것을 극복해나가야 한다는 것이다. 요컨대 시대적 요구와 시민으로서의 양심을 초월할 수 없다는 사명감이 이청준에 있어 '왜 쓰느냐'의 핵심을 이루고 있음이 명백하다.

김윤식

인간의 모순적 존재는 인간의 삶을 단층의 삶이 아닌 겹의 삶이 되게 한다. 이청준 소설은 이 겹의 삶에 대한 진지하고 깊이 있는 탐구이다. 이청준 소설의 중층 구조에 대해 언급할 기회가 없었지만, 간략히 말하자면 그 구조는, 흔히 얘기되는 것처럼 이청준 소설이 결론을 말하기 위한 것이 아니라 그 결론에 이르는 과정을 체험하게 하기 위한 것이라는 데에서 비롯되는 것이기도 하지만, 지금 우리의 관심에 입각하여 본다면 그것은 겹의 삶에 대한 문학적 탐구로서의 겹의 문학의 형태적 특성이라 할 수 있다.

성민엽

in answering the question "Why write?" is of a political and social nature. In other words, a true writer should approach his time, no matter when and where he lives, as a time of crisis and try to find a way to overcome it. In short, for Yi, the answer to the question "Why write?" lies clearly and essentially in his sense of the writerly mission, based on his belief that a writer cannot avoid the demands of his time as well as his own civic conscience.

Kim Yun-shik

Human existence is full of contradictions, so human life has multiple layers. Yi Cheong-jun's novels are significant and thoughtful explorations of this multilayered life. His novels adopt a multilayered structure, reflecting the fact that they are not about conclusions but about experiencing the process leading up to conclusions. From today's point of view, we can also identify this structure as characteristic of the kind of literature that explores the multilayered nature of human life.

Sung Min-yeop

이청준

작가 이청준은 1939년 전라남도 장흥에서 태어나 서울대학교 문리과대학 독어독문학과에 입학해 졸업 전해인 1965년 단편 「퇴원」으로 《사상계》 신인문학상을 받으면서 문단에 데뷔했다. 1967년 「병신과 머저리」로 동인문학상을 수상했으며 1969년 단편 「매잡이」로 대한민국문화예술상 신인상을 수상하는 등 독특한 작품 세계를 지닌 신인 작가로 주목을 받았다.

1971년에 위의 수상작을 포함한 첫 단편집 『별을 보여드립니다』를 발간했다. 이듬해에는 단편 「석화촌」이 영화로 만들어져 청룡영화제 최우수작품상을 수상하는 기쁨을 누리기도 했다. 1974년에는 대표작 『당신들의 천국』이 《신동아》에 연재되어 사회적인 관심을 받았으며 1975년 작품집 『씌어지지 않는 자서전』이 일본 태류사(泰流社)에서 출간되었다.

1978년에는 중편 「잔인한 도시」로 이상문학상을 수상한다. 이미 이청준은 이 무렵 소설가로서의 확고한 위치

Yi Cheong-jun

Born in Jang heung, Jeollanam-do in 1939, Yi Cheong-jun entered the Department of German Language and Literature at Seoul National University in 1960. In 1965, a year before his graduation, he made his literary debut by winning the *Sasang-gye* New Writer Award for his short story "Discharge from the Hospital." He had a very successful career as a rookie writer, winning the Dong-in Literary Award for his short story, "The Wounded," in 1967 as well as the Korean Culture and Art New Writer Award for his short story, "Falcon Hunter," in 1971.

That same year he published *I Show You the Stars*, his first short story collection, and the next year, *Sokhwachon*, a film based on his short story, won the Best Picture Award at the Chongryong Film Festival. In 1974, he began serializing one of his major novels, *Your Paradise*, in *Shin-Dong-a*, a leading monthly magazine, attracting a wider readership. The next year, Taeryusa Publishing Co. in Japan published *Autobiography Unwritten*, a

를 지닌 중견 작가로서 문단의 관심을 받고 있었다. 이듬해인 1979년 작가론과 작품론을 한데 모은 『이청준』이 은애 출판사의 '우리 시대의 작가 연구 총서'의 하나로 발간되기에 이른다. 거의 매년 작품집을 발간하기 시작해 『선학동 나그네』(1979), 『살아 있는 늪』(1980), 『잃어버린 말을 찾아서』(1981), 『시간의 문』(1982), 『제3의 현장』(1983)이 연달아 출간된다. 작가 이청준의 문명이 널리 알려지면서 그만의 독특한 작품 세계를 인정받기에 이른다. 이후 그는 매년 창작집을 발간하는 성실함을 보여 주었고, 새로운 소설 형식을 실험하는 데 게으르지 않았다.

1986년에는 초월적인 삶의 공간을 탐색하는 『비화밀교』로 대한민국문학상 우수상을 수상하게 되는데, 이때부터 그만의 독특한 소설미학이 문학 연구자들의 관심을 끌게 된다. 한양대학교에 출강하면서 소설론을 강의하기도 한다. 이 해 『당신들의 천국』이 미국 Cresent Publications에서 출간되면서 비로소 구미에 이청준의 문학 세계가 처음 소개된다.

1993년 남도 연작 가운데 하나인 『서편제』가 한국의 대표적인 영화감독인 임권택 감독에 의해 영화화되어 대종상 최우수영화상을 수상한다. 임권택 감독과는 그 뒤에도

collection of his short stories translated into Japanese.

He won the Yi Sang Literary Award again for his novella *Cruel City* in 1978, by which time he had already established his status as a writer of medium standing. The next year, a collection of essays about him as a writer and his works, entitled *Yi Cheong-jun*, was published as a volume in the Unae Publishing Company's 'Study of Writers of our Time' series. From 1979 to 1983, he published a collection of short stories almost every year including *Sonhak-dong Wanderer* (1979), *A Living Swamp* (1980), *Door to Time* (1982), and *The Third Scene* (1983). Ever since, Yi was widely known for the unique world he created in his works. Even after he became an established master, he published a collection of short stories nearly every year and he was diligent in experimenting with new styles.

In 1986, Yi won the Korean Literary Merit Award for *Pihwamilgyo*, a novel exploring the supernatural in life, garnering more scholarly attention to his unique novelistic aesthetics. He also began teaching courses on the novel at Hanyang University. The same year, Crescent Publications in the US published an English translation of *Your Paradise*,

영화 〈축제〉를 공동작업 하게 되는데, 〈축제〉는 시나리오가 먼저 완성되고 후에 그것을 소설화한 특이한 경우가 된다. 1993년 불문학자 최윤이 번역한 『당신들의 천국』이 프랑스 Actes Sud 사를 통해 발간되었다. 1998년에는 열림원에서 이청준 문학 전집이 출간되었고 1999년 중단편집 『불의 여자』가 오스트리아 Residenz Verlag 사에서 출간되면서 독일어권에 처음 작품이 소개되었다. 2008년 사망하였다.

introducing his literature in the English-speaking world for the first time.

In 1993, the film *Sopyonje*, directed by Im Kwon-taek, based on Yi's short story of the same title, won the Taejong Best Picture Award. Yi later collaborated with Director Im on the film called *Festival* and wrote a story with the same title, based on the film script. The same year, the French publishing company Actes Sud published *Your Paradise*, translated into French by Ch'oe Yun. In 1998, Yolrimwon Publishing Company published the *Complete Works of Yi Cheong-jun*. The next year, the Austrian Publishing Company Residenz Verlag published *Woman of Fire*, selected works by Yi Cheong-jun, introducing his works in the German-speaking world for the first time. He died in 2008 at the age of sixty-eight.

번역 **제니퍼 리** Translated by Jennifer M. Lee

프리랜서 번역가로 일하며 현재 경희대학교에서 영어를 가르치고 있다. 이청준의 단편 「가해자의 얼굴」과 장편 『당신들의 천국』, 최일남의 「타령」을 번역하였다.

Jennifer M. Lee is a freelance translator. She is currently teaching English at Kyunghee University. Her translations include Yi Cheong-jun's "An Assailant's Face" and Your Paradise and Choi Il-nam's "allad."

감수 **K. E. 더핀, 전승희** Edited by K. E. Duffin and Jeon Seung-hee

시인, 화가, 판화가. 하버드 인문대학원 글쓰기 지도 강사를 역임하고, 현재 프리랜서 에디터, 글쓰기 컨설턴트로 활동하고 있다.

K. E. Duffin is a poet, painter and printmaker. She is currently working as a freelance editor and writing consultant as well. She was a writing tutor for the Graduate School of Arts and Sciences, Harvard University.

전승희는 서울대학교와 하버드대학교에서 영문학과 비교문학으로 박사 학위를 받았으며, 현재 하버드대학교 한국학 연구소의 연구원으로 재직하며 아시아 문예 계간지 《ASIA》 편집위원으로 활동 중이다. 현대 한국문학 및 세계문학을 다룬 논문을 다수 발표했으며, 바흐친의 『장편소설과 민중언어』, 제인 오스틴의 『오만과 편견』 등을 공역했다. 1988년 한국여성연구소의 창립과 《여성과 사회》의 창간에 참여했고, 2002년부터 보스턴 지역 피학대 여성을 위한 단체인 '트랜지션하우스' 운영에 참여해 왔다. 2006년 하버드대학교 한국학 연구소에서 '한국 현대사와 기억'을 주제로 한 워크숍을 주관했다.

Jeon Seung-hee is a member of the Editorial Board of ***ASIA***, and a Fellow at the Korea Institute, Harvard University. She received a Ph.D. in English Literature from Seoul National University and a Ph.D. in Comparative Literature from Harvard University. She has presented and published numerous papers on modern Korean and world literature. She is also a co-translator of Mikhail Bakhtin's ***Novel and the People's Culture*** and Jane Austen's ***Pride and Prejudice***. She is a founding member of the Korean Women's Studies Institute and of the biannual Women's Studies' journal ***Women and Society*** (1988), and she has been working at 'Transition House,' the first and oldest shelter for battered women in New England. She organized a workshop entitled "The Politics of Memory in Modern Korea" at the Korea Institute, Harvard University, in 2006. She also served as an advising committee member for the Asia-Africa Literature Festival in 2007 and for the POSCO Asian Literature Forum in 2008.

바이링궐 에디션 한국 대표 소설 001
병신과 머저리

2012년 7월 25일 초판 1쇄 발행
2019년 1월 31일 초판 3쇄 발행

지은이 이청준 | **옮긴이** 제니퍼 리 | **펴낸이** 김재범
감수 K. E. 더핀, 전승희 | **기획위원** 정은경, 전성태, 이경재
편집장 김형욱 | **편집** 강민영 | **관리** 강초민, 홍희표 | **디자인** 나루기획
펴낸곳 (주)아시아 | 출판등록 2006년 1월 27일 제406-2006-000004호
주소 경기도 파주시 회동길 445(서울 사무소: 서울특별시 동작구 서달로 161-1 3층)
전화 02.821.5055 | **팩스** 02.821.5057 | **홈페이지** www.bookasia.org
ISBN 978-89-94006-20-8 (set) | 978-89-94006-23-9 (04810)
값은 뒤표지에 있습니다.

Bi-lingual Edition Modern Korean Literature 001
The Wounded

Written by Yi Cheong-jun | **Translated by** Jennifer M. Lee
Published by Asia Publishers | 445, Hoedong-gil, Paju-si, Gyeonggi-do, Korea
(Seoul Office: 161-1, Seodal-ro, Dongjak-gu, Seoul, Korea)
Homepage Address www.bookasia.org | **Tel**. (822).821.5055 | **Fax**. (822).821.5057
First published in Korea by Asia Publishers 2012
ISBN 978-89-94006-20-8 (set) | 978-89-94006-23-9 (04810)

바이링궐 에디션 한국 대표 소설

한국문학의 가장 중요하고 첨예한 문제의식을 가진 작가들의 대표작을 주제별로 선정!
하버드 한국학 연구원 및 세계 각국의 한국문학 전문 번역진이 참여한 번역 시리즈!
미국 하버드대학교와 컬럼비아대학교 동아시아학과, 캐나다 브리티시컬럼비아대학교 아시아학과 등 해외 대학에서 교재로 채택!

바이링궐 에디션 한국 대표 소설 set 1

분단 Division

01 병신과 머저리-**이청준** The Wounded-**Yi Cheong-jun**
02 어둠의 혼-**김원일** Soul of Darkness-**Kim Won-il**
03 순이삼촌-**현기영** Sun-i Samch'on-**Hyun Ki-young**
04 엄마의 말뚝 1-**박완서** Mother's Stake I-**Park Wan-suh**
05 유형의 땅-**조정래** The Land of the Banished-**Jo Jung-rae**

산업화 Industrialization

06 무진기행-**김승옥** Record of a Journey to Mujin-**Kim Seung-ok**
07 삼포 가는 길-**황석영** The Road to Sampo-**Hwang Sok-yong**
08 아홉 켤레의 구두로 남은 사내-**윤흥길** The Man Who Was Left as Nine Pairs of Shoes-**Yun Heung-gil**
09 돌아온 우리의 친구-**신상웅** Our Friend's Homecoming-**Shin Sang-ung**
10 원미동 시인-**양귀자** The Poet of Wŏnmi-dong-**Yang Kwi-ja**

여성 Women

11 중국인 거리-**오정희** Chinatown-**Oh Jung-hee**
12 풍금이 있던 자리-**신경숙** The Place Where the Harmonium Was-**Shin Kyung-sook**
13 하나코는 없다-**최윤** The Last of Hanak'o-**Ch'oe Yun**
14 인간에 대한 예의-**공지영** Human Decency-**Gong Ji-young**
15 빈처-**은희경** Poor Man's Wife-**Eun Hee-kyung**

바이링궐 에디션 한국 대표 소설 set 2

자유 Liberty

16 필론의 돼지-**이문열** Pilon's Pig-**Yi Mun-yol**
17 슬로우 불릿-**이대환** Slow Bullet-**Lee Dae-hwan**
18 직선과 독가스-**임철우** Straight Lines and Poison Gas-**Lim Chul-woo**
19 깃발-**홍희담** The Flag-**Hong Hee-dam**
20 새벽 출정-**방현석** Off to Battle at Dawn-**Bang Hyeon-seok**

사랑과 연애 Love and Love Affairs

21 별을 사랑하는 마음으로-**윤후명** With the Love for the Stars-**Yun Hu-myong**
22 목련공원-**이승우** Magnolia Park-**Lee Seung-u**
23 칼에 찔린 자국-**김인숙** Stab-**Kim In-suk**
24 회복하는 인간-**한강** Convalescence-**Han Kang**
25 트렁크-**정이현** In the Trunk-**Jeong Yi-hyun**

남과 북 South and North

26 판문점-**이호철** Panmunjom-**Yi Ho-chol**
27 수난 이대-**하근찬** The Suffering of Two Generations-**Ha Geun-chan**
28 분지-**남정현** Land of Excrement-**Nam Jung-hyun**
29 봄 실상사-**정도상** Spring at Silsangsa Temple-**Jeong Do-sang**
30 은행나무 사랑-**김하기** Gingko Love-**Kim Ha-kee**

바이링궐 에디션 한국 대표 소설 set 3

서울 Seoul

31 눈사람 속의 검은 항아리-**김소진** The Dark Jar within the Snowman-**Kim So-jin**
32 오후, 가로지르다-**하성란** Traversing Afternoon-**Ha Seong-nan**
33 나는 봉천동에 산다-**조경란** I Live in Bongcheon-dong-**Jo Kyung-ran**
34 그렇습니까? 기린입니다-**박민규** Is That So? I'm A Giraffe-**Park Min-gyu**
35 성탄특선-**김애란** Christmas Specials-**Kim Ae-ran**

전통 Tradition

36 무자년의 가을 사흘-**서정인** Three Days of Autumn, 1948-**Su Jung-in**
37 유자소전-**이문구** A Brief Biography of Yuja-**Yi Mun-gu**
38 향기로운 우물 이야기-**박범신** The Fragrant Well-**Park Bum-shin**
39 월행-**송기원** A Journey under the Moonlight-**Song Ki-won**
40 협죽도 그늘 아래-**성석제** In the Shade of the Oleander-**Song Sok-ze**

아방가르드 Avant-garde

41 아겔다마-**박상륭** Akeldama-**Park Sang-ryoong**
42 내 영혼의 우물-**최인석** A Well in My Soul-**Choi In-seok**
43 당신에 대해서-**이인성** On You-**Yi In-seong**
44 회색 時-**배수아** Time In Gray-**Bae Su-ah**
45 브라운 부인-**정영문** Mrs. Brown-**Jung Young-moon**

바이링궐 에디션 한국 대표 소설 set 4

디아스포라 Diaspora

46 속옷-**김남일** Underwear-**Kim Nam-il**
47 상하이에 두고 온 사람들-**공선옥** People I Left in Shanghai-**Gong Sun-ok**
48 모두에게 복된 새해-**김연수** Happy New Year to Everyone-**Kim Yeon-su**
49 코끼리-**김재영** The Elephant-**Kim Jae-young**
50 먼지별-**이경** Dust Star-**Lee Kyung**

가족 Family

51 혜자의 눈꽃-**천승세** Hye-ja's Snow-Flowers-**Chun Seung-sei**
52 아베의 가족-**전상국** Ahbe's Family-**Jeon Sang-guk**
53 문 앞에서-**이동하** Outside the Door-**Lee Dong-ha**
54 그리고, 축제-**이혜경** And Then the Festival-**Lee Hye-kyung**
55 봄밤-**권여선** Spring Night-**Kwon Yeo-sun**

유머 Humor

56 오늘의 운세-**한창훈** Today's Fortune-**Han Chang-hoon**
57 새-**전성태** Bird-**Jeon Sung-tae**
58 밀수록 다시 가까워지는-**이기호** So Far, and Yet So Near-**Lee Ki-ho**
59 유리방패-**김중혁** The Glass Shield-**Kim Jung-hyuk**
60 전당포를 찾아서-**김종광** The Pawnshop Chase-**Kim Chong-kwang**